천국 영화관

천국 영화관

시미즈 하루키 장편 소설

임희선 옮김

하빌리스

차례

눈을 떠 보니 낯선 곳이다. 푸릇푸릇한 잔디로 뒤덮인 언덕 위로 부드러운 바람이 불어오고, 그 바람결을 따라 알록달록한 작은 들꽃들이 살랑거렸다. 푸른 잔디밭에 핀 형형색색의 꽃들은 마치 작은 보석 알갱이를 흩뿌려 놓은 것처럼 보였다.

하늘을 올려다보니 구름이 손에 닿을 듯 가까이 느껴졌다. 당장이라도 손을 뻗으면 잡을 수 있을 것 같았다. 노을빛과 황금색과 오렌지색이 뒤섞인 해질녘 하늘. 어딘지 그리운 느낌이 드는 하늘이다. 하지만 지금껏 단 한 번도 본 적 없는, 믿기지 않을 만큼 몽환적인 풍경이었다.

몸을 일으켜 무작정 걷기 시작했다. 처음 와본 곳인데도 신기하리만치 불안하다는 생각이 들지 않았다. 온화하고 부드러운 바람이 살며시 등을 밀어주는 듯했다.

걷기 시작한 지 몇 분 되지 않아 포장된 사거리가 나타났다. 그 너머로 건물 하나가 보여 다가가자, 곧 그 정체를 알 수 있었다.

영화관이다. 도심에 흔히 보이는 대규모 멀티플렉스가 아닌, 예스러운 정취가 물씬 풍기는 소극장 같은 모습이었다.

낡은 문을 열고 들어서자 겉모습에서 상상했던 그대로 정겹고 고풍스러운 광경이 눈앞에 펼쳐졌다. 이른바 레트로 스타일이다. 낡고 오래된 설비 구석구석에서 사람의 손길이 닿은 온기가 느껴졌다. 천장과 벽에 설치된 따뜻한 색감의 전등이 마치 스포트라이트처럼 주변을 환하게 비추고 있었다.

그때, 턱시도를 입은 호리호리한 남자가 빛줄기 아래를 가로지르듯 걸어와 내 앞에 섰다. 그리고는 이렇게 말했다.

"천국 영화관에 오신 것을 환영합니다."

이 현실 같지 않은 신비로운 장소가 '천국'이라고 불린다는 사실을 그제야 알았다. 그리고 천국에도 영화관이 있다는 것도.

THEATER IN HEAVEN

★ 첫 번째 영화 ★

빅 피쉬

THEATER IN
HEAVEN

"오늘은 영화 상영일도 아닌데 손님이 오시다니, 참으로 드문 일입니다. 그런데 꽤나 어안이 벙벙한 표정이시네요. 혹시 저희 영화관에 처음 오신 건가요? 저는 천국 영화관 지배인 아키야마라고 합니다. 앞으로 잘 부탁드리겠습니다."

대뜸 자신을 아키야마라고 소개한 턱시도 차림 남자가 말했다. 하지만 나는 그 말에 뭐라고 대답해야 할지 전혀 알지 못했다. 영화관은 고사하고, 이곳이 천국이라는 사실조차 처음 듣는 이야기였으니까.

"저기, 그러니까, 이 천국 영화관에 온 건 당연히 처음인데……. 사실 애초에 여기가 대체 어딘지도 모르겠고, 게다가 천국이라니, 그럼 저는……?"

내 말을 들은 아키야마 씨가 깜짝 놀란 표정을 지었다. 그러더니 이런 상태의 사람이 낯설지 않은 듯 곧바로 다른 질문을 던졌다.

"혹시 지금 상황을 모르시는 건가요? 예를 들어 본인이 이미 사망했다는 사실이라든지……."

"제가 죽었다고요?"

그렇게 되묻자, 아키야마 씨가 쓴웃음을 지으며 말을 이어갔다.

"뭐, 가끔 그런 경우가 있기는 합니다. 손님 같은 분들이요. 기억이 흐릿하다고나 할까, 확실치 않다고 할까, 그야 죽음이라는 게 워낙 강한 충격을 받는 일이니까요."

"아니 그럼……!"

내가 이미 죽었다는 말은 상당히 충격적이었다. 하지만 이상하게도 그 사실을 받아들이기까지 그리 오래 걸리지는 않았다.

"그랬군요……."

왠지 모르게 감각적으로 이미 알고 있던 부분도 있었기 때문이다. 이곳에 온 뒤로 뭔가 붕 뜬 느낌이랄까, 몸과 마음이 분리된 듯한 비현실적인 감각이 있었다. 그게 바로 죽음을 의미한다면 납득이 가는 일이었다.

"한 가지 확인해 봐도 괜찮겠습니까?"

아키야마 씨는 그렇게 말하더니 내가 고개를 끄덕이는 것과 거의 동시에 다음 질문을 던졌다.

"혹시 죽음 말고 다른 기억에 모호한 부분은 없으신가요?"

"아……!"

그 질문을 듣자마자 내가 이미 죽었다는 말을 들었을 때보다 더 깜짝 놀라고 말았다. 그러고 보니 정말 그 말대로였기 때문이다.

"듣고 보니 가족이나 친구들에 대한 부분이라든지, 아니면 지금까지 어떻게 살아왔는지가…… 잘 생각나지 않아요."

"그럼 이름은요?"

"아, 그건 생각이 나요! 오노다 아키라입니다."

"훌륭합니다, 잘 기억하고 계시네요. 그럼 나이는 어떻습니까?"

"그것도 알아요. 스물한 살이에요. 하지만 대학생이었는지 직장에 다니고 있었는지 그런 것까지는 생각이 잘 나지 않는데…….”

“아니, 괜찮습니다. 그 정도까지 기억하는 것만 해도 충분합니다. 이름과 나이를 알면 소개는 거의 끝난 거나 마찬가지니까요. 실은 한 가지 더 물어보고 싶은 게 있긴 합니다만.”

아키야마 씨는 그렇게 말하고도 더는 질문을 하지 않았다. 당장은 쓸데없는 부담을 주지 말아야겠다는 배려인 듯했다. 그리고는 그저 따뜻하게 이런 말을 해 주었다.

“자, 이곳 생활에 대해서는 일단 저에게 맡겨 주세요. 큰 배에 올라탔다는 생각으로 느긋하게 마음을 먹으면 됩니다. 어떤 거센 파도가 몰아쳐도 선장인 저와 함께 헤쳐 나가면 되니까요. 여기서 저를 만났으니 아주 운이 좋은 겁니다. 오노다 씨는 행운아예요.”

“아, 예에.”

이미 죽었는데 행운아라는 소리를 들으니 이상한 기분이었다. 하지만 분명 안심이 되는 건 사실이었다.

그건 그렇고 아키야마 씨의 독특한 말투는 마치 더빙

한 외국 영화에 나오는 배우의 말투 같았다. 아니면 놀이공원 가이드라고 해야 할까. 게다가 깔끔하게 차려입은 턱시도와 유창하게 설명하는 모습은 마치 어떤 게임의 진행자 같기도 했다.

아키야마 씨가 새로운 정보가 담긴 이야기를 다시 시작했다.

"이전에도 오노다 씨 같은 분을 본 적이 있다고 말씀드렸는데, 그분은 이 영화관의 직원으로 일했답니다."

"영화관 직원이요?"

그런 현실적인 단어가 지금 상황과 도무지 연결되지 않았다.

"그럼 다른 스태프 분들도 계시나 보네요?"

간신히 그렇게 대답하는 것이 고작이었다. 천국 같은 건 믿을 수가 없다거나, 천국에 영화관 같은 게 있을 리 없다는 말을 이제 와서 할 수가 없었다. 현실이 아닌 신비로운 세계에 발을 들여놓았다는 사실을 이미 절실히 느끼고 있었기 때문이다.

"아무래도 영화관이니까요. 하지만 지금은 저 혼자서

거의 모든 일을 도맡고 있습니다. 여기서 상영하는 작품은 보통 영화관과는 전혀 다르니까요."

"상영하는 작품이 전혀 다르다고요?"

그 질문에 대한 아키야마 씨의 설명은 내가 상상도 하지 못한 내용이었다.

"네, 이 천국 영화관에서는 죽은 후 천국을 찾은 이들의 인생이 영화로 상영됩니다. 스크린에는 그들의 죽음까지의 일상과 인생의 중요한 순간들이 비추어지죠. 그리고 그 인생 영화를 다 본 뒤에, 천국 너머의 세계로 여행을 떠나게 됩니다."

"지금까지 살아온 인생이 영화로 상영된다고요? 천국 너머의 세상이요?"

상대가 하는 말을 앵무새처럼 따라 할 수밖에 없었던 이유는 그런 이야기들이 도무지 이해가 되지 않았기 때문이다. 자기 인생이 영화로 상영된다는 게 도대체 무슨 소리일까? 게다가 천국 다음의 세상이라니……. 너무나 신기한 이야기다. 하긴 지금 이곳이 천국이라는 사실 자체가 제일 신기한 일이기는 하지만.

그런 나의 의문을 눈치챘는지 아키야마 씨가 설명을 덧붙였다.

"아무리 설명해도 이해하기 어려우실 겁니다. 사실 영화를 말로 설명한다는 것 자체가 잘못이라는 생각이 드네요. 뭐니 뭐니 해도 영화니까 영상으로 보여드리는 게 '최고로 나은' 방법이겠죠."

"아, 네에."

'최고로 나은 방법'보다 '최선의 방법'이라고 해야 하지 않나 하는 생각도 들었지만, 굳이 입 밖으로 내지 않았다. 그보다 물어보고 싶은 점들이 많았기 때문이다.

"저기…… 그럼 혹시 제 인생도 언젠가 영화로 상영된다는 뜻인가요?"

"그야 당연하지요."

"언제 상영하나요?"

"언제 상영하게 될지는 저도 모릅니다. 사람에 따라 다르니까요. 사람마다 인생이 제각기 다른 것처럼 말입니다."

"예에……."

무슨 소리인지 알 것도 같고, 모를 것도 같고……. 하지만 나로서는 조금 아쉬운 정보였다.

"저에 대한 영화를 볼 수 있으면 생전의 기억을 곧바로 되찾을 수도 있겠다고 생각했는데요."

"그렇군요. 하긴, 자신에 대해 전혀 모른 채로 세상을 떠난다는 게 영 허전한 일이기는 하지요. 그 마음, 충분히 이해됩니다, 그럼요……."

그렇게 고개를 끄덕끄덕하던 아키야마 씨가 갑자기 움직임을 멈췄다. 그러더니 나를 똑바로 쳐다보며 말했다.

"오노다 씨."

"아, 네?"

갑자기 이름을 부르는 바람에 깜짝 놀랐다.

하지만 그가 갑자기 내 이름을 부른 데에는 이유가 있었다. 다음 순간, 전혀 예상하지 못한 제안을 아키야마 씨가 한 것이다.

"혹시 괜찮으시다면 이 천국 영화관의 스태프로 일해 보시지 않겠습니까?"

그 말을 들은 나는 한순간 어안이 벙벙해졌다. 무슨 말을 하는 건지 알 수가 없었다. 아직 천국에 온 지도 얼마 안 되었다. 심지어 천국 영화관의 존재 자체도 방금 알게 되었다. 그런데 여기서 일하라는 제안을 받을 줄이야.

"그, 그게 무슨 말씀이에요? 저보고 이 천국 영화관에서 일하라고요?"

당혹스러움을 감추지 못하는 나에게 아키야마 씨가 자신 있다는 듯이 단호하게 말했다.

"이런 제안을 한 이유는 여기서 일하는 것이 오노다 씨의 기억을 되찾는 데에 도움이 되리라 생각하기 때문입니다."

"기억을 되찾는 데에 도움이 된다고요?"

"그렇습니다. 이곳에서 일하면 여러 사람의 인생을 영화로 보게 됩니다. 그러다가 어느 순간 오노다 씨의 감정이 심하게 흔들릴 때가 있을 겁니다. 그건 틀림없이 오노다 씨의 과거 어느 순간과 영화 속의 영상이 겹쳤을 때입니다. 그래서 감정이입이 되는 것이지요. 그게

어떤 장면인지 확인하기 위해서라도, 이 영화관에서 일
하는 것이 좋지 않을까 생각합니다. 물론 영화는 기본
적으로 누구든 볼 수 있습니다. 그러나 경우에 따라서
는 스태프가 아니면 관람할 수 없는 경우도 있습니다.
또한 영화의 주인공과 스태프는 반드시 사전에 미팅을
하기 때문에 스태프로 일하면 그분들의 인생을 더 깊이
알 수 있게 됩니다. 그건 틀림없이 오노다 씨의 기억을
되찾는 데 도움이 되리라 생각합니다."

"그 사람의 인생을 더 깊이 알게 된다……."

나는 그 말의 의미를 곱씹듯이 되뇌었다. 아주 따뜻
한 말이라는 생각이 들었다. 반면에 뭔지 모를 두려움
이 느껴지기도 했다. 누군가의 인생을 깊이 알게 되면
마음이 풍요로워질 수도 있고, 눈물을 흘리며 감동하는
경우도 있을 수 있다. 하지만 그와 동시에 마음에 깊은
상처를 입는 일이 있을지도 모른다. 사람들의 인생은
그야말로 천차만별이고 천국 영화관의 스태프는 그런
경험을 직접 겪는 것처럼 그 사람이 걸어온 인생의 여
정을 바로 옆에서 지켜보게 될 테니 말이다.

어쩌면 그 일이 지금의 나에게 오히려 필요한 작업일지도 모른다는 생각이 들었다. 나는 기억을 잃었고, 이미 죽었다. 그래서 내 인생을 기억해 내려면 다른 많은 이들의 인생에 접해볼 필요가 있을지도 모르겠다.

"저, 그런데……, 그 말씀이 맞는다고 해도, 정말 저 같은 사람이 일해도 괜찮은 걸까요?"

불안한 마음으로 물어보자 아키야마 씨가 웃으며 대답했다.

"걱정하지 않으셔도 됩니다. 일할 때는 제가 함께 있으니까 겁먹을 필요 없습니다. 처음 한 달 동안은 연수 기간으로 잡을 계획이고요. 게다가 문제가 생기는 일도 거의 없어요. 뭐니 뭐니 해도 여긴 천국이니까요."

"천국에서는 문제가 생기는 일이 거의 없나요?"

"그야 당연하죠! 모두 생전에 좋은 사람들이었으니까 천국에 온 거잖아요!"

그러면서 아키야마 씨가 빙긋 웃었다. 농담하듯이 말했지만, 단순한 그 말이 오히려 강한 설득력을 가지고 있어서 나도 모르게 덩달아 싱긋 웃고 말았다.

그러자 아키야마 씨는 절묘한 타이밍으로 다시 한번 나에게 제안을 건넸다.

"어때요, 오노다 씨. 이 천국 영화관에서 일해보시겠습니까?"

이번에는 나도 분명하게 고개를 끄덕인 다음 대답했다.

"그렇게까지 말씀해 주시니, 한 번 해보겠습니다."

이런 상황에 처한 나에게 그런 제안을 해 준 것이 고마웠다. 그것 하나만으로도 충분할 정도였다. 현재로서는 천국 영화관의 스태프가 되는 것이 아키야마 씨의 말을 따르자면 '최고로 나은' 일일 것이다.

"자, 그럼 오노다 씨. 이 천국에서 새로운 인생의 여정을 시작해 봅시다. 지금부터 우리는 말하자면 '같은 배를 탄' 겁니다. 앞으로는 저를 지배인이라고 부르든, 선장이라고 부르든 마음대로 불러주세요."

"아, 네!"

아마 나는 앞으로도 지배인이나 선장이라고 부르지 않고 '아키야마 씨'라고 부를 것이다. 그래도 이제야 이

독특한 말투에 슬슬 익숙해지기 시작한 것 같았다.

"자, 그럼 오늘부터 잘 부탁드립니다, 오노다 씨."

"저야말로 잘 부탁드리겠습니다, 아키야마 씨."

선장님이라고 부르지 않아서 내심 약간 불만이 있는 듯했지만, 아키야마 씨는 싱긋 웃으며 고개를 끄덕여주었다.

정체를 알 수 없는 사람처럼 느껴지기는 해도 절대 나쁜 사람 같지는 않았다. 하긴, 아키야마 씨의 말대로라면, 천국에는 좋은 사람만 올 수 있으니까 아키야마 씨가 나쁜 사람일 리 없겠지.

이렇게 나는 천국 영화관의 스태프가 되어 아키야마 씨와 함께 새로운 인생을 시작하게 되었다.

천국에 온 지 한 달이 지나면서 알게 된 점이 있다.

천국의 저녁은 매우 길다는 사실이다. 어떻게 된 구조인지는 잘 모르겠지만 고개를 들어 하늘을 보면 이 세계는 언제나 노을빛에 물들어 있다.

천국에 사는 사람들은 그 점을 별로 의식하지 않는

모양이었다. 아니, 오히려 그 길고 긴 저녁 시간을 좋아하는 듯한 느낌도 들었다. 이 천국에서 가장 인기 있는 생활 방식은 석양이 지는 모습을 바라보면서 친구나 동료들과 대화를 하는 것이다. 그렇게 한참 동안 이야기하다가 해가 다 지면, 그제야 헤어지곤 했다.

솔직히 말하자면 어느새 내 생활에도 그런 일상이 정착되어 갔다. 오늘 저녁도 천국 영화관에 자주 들르는 단골손님과 함께 언덕 위에서 시간을 보내는 중이다.

"오노다 씨, 일은 이제 좀 익숙해졌나요?"

부드러운 말투로 나에게 그렇게 물은 사람은 로베르토 씨다. 온화한 미소가 인상적인 이탈리아인이고, 나이는 나보다 열두 살 많은 서른세 살. 지바현 가시와에 있는 이탈리안 레스토랑에서 일했다고 들었다.

"이제 연수 기간이 거의 끝나가네요. 아직 모르는 게 더 많지만."

천국 영화관에서 일하기 시작하자마자 아키야마 씨가 연수 기간을 마련해줬다. 원래부터 일이 그렇게 어려운 편이 아닌데도 연수까지 시켜주는 것을 보고 아키아마 씨가 배려를 많이 해 준다는 사실을 알 수 있었다.

뒤이어 말을 꺼낸 사람은 옆에 있던 아키나 씨였다.

"그게 당연한 거지. 천국이라는 존재 자체가 뭐가 뭔지 모르는 것투성이잖아. 사실 나도 아직 믿기지 않는 게 너무 많은데."

"하긴 그러네요."

아키나 씨의 말에서 다른 사람보다 강한 의지가 느껴졌다. 아키나 씨는 생전에 절집 딸이었다고 한다. 직업은 종교와 전혀 상관이 없었다지만 그래도 천국이라는 개념과는 완전히 동떨어진 환경에 있었다고 봐야 한다. 물론 나도 살아생전에는 죽은 뒤에 천국이 존재한다고 믿은 적이 없었지만.

"하긴 그렇게 생각하면서도 어느새 이 환경에 적응해 버린 나 자신을 생각하면 소름이 좀 돋기는 하지. 내가 여기 온 지도 벌써 반년 정도 됐으니까."

아키나 씨가 긴 검은 머리를 살짝 만지면서 말했다.

그 말에 동의하듯이 옆에 있던 로베르토 씨가 고개를 크게 끄덕였다.

"저는 벌써 일 년 됐습니다. 이탈리아에서 이십육 년. 일본에서 칠 년. 천국에서 일 년. 이리저리해서 세 번째 나라입니다."

"세 번째 나라? 여기가 무슨 나라야?"

"천국은 하늘에 있는 나라잖아요."

"그야 그렇지만……."

"저도 이제 일본어, 이탈리아어, 천국어까지 세 나라 언어의 전문가입니다."

"아니, 천국어가 어디 있어? 여기서는 다들 그냥 일본 말로 말하잖아."

평소와 다름없는 로베르토 씨와 아키나 씨의 대화다. 나는 이 두 사람의 대화를 듣는 게 정말 즐겁다. 만담 콤비처럼 서로의 스타일이 딱 잡혀 있다. 아키나 씨는 로베르토 씨보다 나이가 약간 어리지만 그래도 비슷한 또래라서 말이 통하는 부분이 있는 것 같다. 그뿐만 아니라 원래의 성격 자체가 로베르토 씨는 약간 능청스러운 스타일이고, 아키나 씨는 거침없이 돌직구를 날리는 스타일이어서 서로 티키타카가 잘 맞는 느낌이다.

"앗!"

그렇게 내가 제일 좋아하는 시간을 보내고 있을 때 멀리서 누군가 다가오는 게 보였다.

그가 뛰어오며 외쳤다.

"무슨 얘기를 그렇게 재미있게 하는 거야? 신입이 가~!"

나를 '신입'이라고 부른 사람은 야마토 군이다. 열 살짜리 남자아이. 언제나 온 사방을 뛰어다니는 개구쟁이 소년이지만, 이 천국에서 나름 유명인이라고 부를 수 있을 만큼 인기가 많은 아이다.

"나 몰래 그렇게 신나게 떠들면 어떡하냐고? 내가 선배인데 말이야!"

야마토 군이 늘 하는 '선배' 타령이다. 나에게 언제나 이런 식으로 말하곤 한다. 하지만 그런 태도가 전혀 밉지 않고 오히려 귀엽게 느껴진다. 그래서 야마토 군이 그렇게 인기가 많은 것인지도 모른다. 누구에게나 스스럼없이 말을 거니까, 아는 사람들이 점점 늘어나고 발이 넓어지는 것이다.

"선배, 미안해. 지금 천국어라는 게 있느냐 없느냐 하는 이야기를 하던 중이었어."

"천국어? 하긴 나도 그런 말을 들어본 적은 없네. 애초에 신이나 천사도 만난 적이 없고."

야마토 군이 고개를 갸웃거리는데 로베르토 씨가 또다시 말을 꺼냈다.

"저에게는 당신이 바로 천사입니다. 그저 옆에 있기만 해도 주변 사람들을 웃게 해 주니까요."

"그, 그렇게 말하니까 좀 쑥스러워지네."

야마토 군이 나이에 맞는 순진한 표정을 지었다. 구김살 없고 천진난만한 얼굴이었다. 그러더니 금방 마음을 고쳐먹었다는 듯이 말했다.

"하지만 난 천사보다 용사가 더 좋아! 힘센 게 멋있으니까!"

그렇게 말한 야마토 군이 에헴 하고 잘난 척하며 가슴을 폈다. 어떤 용사를 상상하며 그러는지 모르지만 어쨌든 힘센 사람처럼 보이고 싶은 모양이다. 그런 모습까지도 내 눈에는 그저 귀엽게 보일 뿐이지만 말이다.

"야마토 군은 이미 훌륭한 용사야. 이제 이 이탈리아에서 온 대마왕을 무찌르기만 하면 게임 끝이야."

장난스러운 말투로 아키나 씨가 끼어들었다.

"내가 그리 쉽게 쓰러질 줄 알았느냐, 야마토 군. 난 언제나 공격을 두 번씩 하니까 정신 차려야 할걸."

로베르토 씨도 덩달아 장단을 맞췄다.

"게임의 최종 빌런이야 뭐야?"

아키나 씨가 그렇게 딴죽을 걸어서 모두가 웃었다. 그 뒤로 야마토 군도 같이 섞여서 모두 즐겁게 떠들었다.

한숨을 돌리고 보니 천천히 움직이던 석양도 어느덧 뉘엿뉘엿 기울어져 있었다. 그 광경을 보며 나도 모르게 중얼거렸다.

"오늘도 하루가 끝나가네."

천천히, 아주 천천히 석양이 저물어갔다. 그렇게 모두 한자리에 서서 저무는 석양을 바라보았다. 여기서는 태양이 바다나 산 너머로 지지 않는다. 멀리 있는 구름 너머로 사라진다.

그 광경을 보는 게 나는 좋았다. 아니, 나 혼자만 그런 게 아닐 것이다. 틀림없이 이 천국 사람들 모두 그 광경을 좋아할 것이다. 긴 저녁 시간이 지나고 하루가 끝나는 이 특별한 순간을 말이다.

"어?"

석양이 지고 난 직후, 언덕 너머에 누군가 나타났다.

"오노다 씨."

가까이 다가와서 내 이름을 부른 사람은 아키야마 씨였다.

"새로운 필름이 도착했습니다. 자, 즐겁게 일할 시간입니다."

아키야마 씨가 영화 필름이 든 봉투를 석양이 사라져버린 하늘로 높이 치켜들었다.

천국 영화관에서는 기본적으로 천국에 사는 누군가의 필름이 도착하면 영화를 상영한다.

택배 기사한테서 필름을 받는 일은 지배인인 아키야

마 씨 담당이다. 그런 다음에는 필름의 주인공과 사전에 영화 상영에 대해 미팅을 하게 되어 있다. 미팅의 주요 내용은 영화의 공개 범위에 대해서다.

상영되는 영화는 처음부터 끝까지 그 사람의 인생을 보여주는 영상이다. 그래서 다른 사람에게 보이고 싶지 않다는 마음이 조금이라도 든다면 그 마음을 존중해서 공개적으로 상영하지 않는다. 그럴 경우 본인만 영화관에 들어가서 보게 된다.

하지만 지금까지 이곳을 찾은 사람 대부분은 모두 함께 보는 것을 선택한 모양이다. 여기가 천국이라서 그럴 수도 있다. 다른 사람의 인생을 보면서 안 좋은 소리를 할 사람도 없거니와 영화 당사자도 이미 죽은 몸이니 이제 와 새삼 과거를 숨길 필요가 없다고 생각하는 사람이 대부분이었다고 한다.

이번에 도착한 것은 도미타 기쿠 씨라는 여든한 살 할머니의 필름이었다.

"도미타 기쿠 님의 영화 상영에 대한 미팅을 진행하게 된 천국 영화관 지배인 아키야마라고 합니다. 이쪽은 스태프인 오노다 씨인데 오늘부터 미팅에도 참석하게 되었습니다. 아직 풋풋한 신입 직원이니 부디 잘 부탁드립니다."

"잘 부탁드립니다."

아키야마 씨의 소개를 받고 고개를 숙여 인사했다. 오늘이 연수 마지막 날이기도 해서 이번부터는 미팅에도 참석하게 되었다. 미팅 장소는 영화관 2층에 있는 아키야마 씨의 방이다.

이 방에 자주 드나들지는 않아도 쉬는 시간에 잠깐 들어온 적은 있다. 방 한가운데 놓인 소파는 푹신하니 앉기 편하고, 간이 주방과 냉장고까지 갖춰져 있어서 손님을 초대하는 장소로 안성맞춤이었다.

"그렇군요. 아무쪼록 잘 부탁해요. 그런데 두 분 다 아직 젊으시네요."

"네, 그래서 천국에서도 아직 한창 일할 때지요."

부드러운 기쿠 할머니의 말에 아키야마 씨가 농담하듯이 대답했다.

"어머나, 참 힘들겠네요."

기쿠 할머니가 하얀 이를 보이며 웃었다. 그러고 보니 기쿠 할머니는 다른 곳에서도 지금처럼 볼 때마다 온화하게 웃고 있었다.

이런 말을 하면 좀 이상하게 들릴지 모르지만, 천국이 아주 잘 어울리는 사람이다. 천국에 사는 사람이라는 말을 들으면 나는 천사의 모습보다 기쿠 할머니처럼 따뜻하고 온화한 사람이 떠오른다.

"오늘 미팅에서는 기쿠 님의 인생 영화 상영에 관해 논의하려고 합니다. 생전 이야기도 들려주셔야 하는데 말씀하시기 꺼려지는 부분이 있다면 굳이 안 하셔도 괜찮습니다. 편안한 마음으로 말씀해 주셨으면 합니다."

아키야마 씨가 익숙한 말투로 설명했다. 아마 지금껏 수없이 많은 미팅 자리에서 되풀이해서 한 말일 것이다. 나는 사전 미팅에 처음 들어왔기 때문에, 한 마디도 놓치지 않고 잘 들어놔야겠다고 마음먹었다.

"네, 잘 부탁해요. 그런데 참 신기한 기분이 드네요. 천국이라는 곳이 있다는 사실도 믿기지 않았는데 설마 그 안에 영화관이 있고, 내 인생이 영화가 되어 상영된다니 말이에요."

기쿠 할머니가 하는 말에 나도 모르게 고개를 끄덕였
다. 나 자신도 아직 신기하다는 느낌에서 벗어나지 못
하고 있다. 이 환경에 익숙해지기 시작했다고는 하지만
아직 적응하지 못하는 부분도 있다. 지금도 내가 천국
영화관이라는 곳에서 일하고 있다는 사실이 믿기지 않
으니 말이다.

"모두들 그렇게 말씀하시지요. 그래도 천국이라는 단
어 자체는 누구나 다 알고 계시지 않습니까? 그러니까
어쩌면 사람이 상상할 수 있는 곳은 여기처럼 모두 실
제로 존재하는지도 모릅니다. 돌아가신 다음에 가는 곳
이 천국 하나만 있는 것도 아니고요."

"저어……, 천국 하나만 있는 게 아니라니, 그게 무슨
뜻인가요?"

나도 모르게 끼어들었다. 나부터도 궁금해서 물어보
지 않고는 견딜 수가 없었던 것이다. 내가 어째서 이곳
에 오게 되었는지, 궁금하고 알고 싶은 일이 산더미 같
았다.

"물론 저도 모든 것을 다 알지는 못하기 때문에 자세히 말씀드리기는 어렵습니다. 하지만, 천국은 우리가 지금 있는 곳뿐만 아니라 다른 곳에도 여럿 존재합니다. 영화관도 마찬가지로 다른 곳에도 있습니다. 사람이 죽은 후에 가는 사후 세계는 아주 크고 넓지요."

그렇게 말한 아키야마 씨가 두 팔을 벌리면서 말을 이어나갔다.

"어떻게 보면 우주하고 비슷하다고도 볼 수 있겠네요. 지구라는 별 안에 여러 나라가 있는데 그런 지구를 벗어나면 또 다른 별들이 있고 우주가 있지요. 그 너머에는 우리의 상상을 초월하는 세계가 펼쳐져 있을지도 모릅니다. 그와 마찬가지로 죽은 후의 세계도 아주 넓고 큰 겁니다. 혼령이 되었다가 금방 다시 태어나게 되는 곳도 있고, 아름다운 무지개다리 아래에 수많은 동물이 살아가는 낙원 같은 언덕, 그리고 신기한 문이 있어서, 현실 세상에 사는 사람들을 다시 만날 수 있는 우윳빛 공간도 있다고 들었습니다. 그 외에도 틀림없이 다양한 세계가 존재하겠지요. 천국 너머에도 또 다른 새로운 세계가 펼쳐져 있을 정도니까요."

"그렇군요. 사후 세계에 그렇게 다양한 곳이 있다
니……."

뜻밖이었지만 납득이 되는 부분이 있었다. 천국이 존
재한다면 그 밖에 다른 여러 장소도 있겠지.

"몰랐네요. 그러니까 제가 도착한 곳은 우연히 이 영
화관이 있는 천국이었던 거군요."

"네, 물론 여기는 천국이니까 기쿠 님이 생전에 좋은
일을 많이 하셨다는 사실만큼은 확실하다고 볼 수 있습
니다."

"아니, 뭐 남한테 칭찬을 들을 정도는 아니었어요. 그
냥 우연이었을 뿐이죠. 그건 그렇고, 이야기를 듣고 나
니 이제야 좀 알 것 같아요. 이승도, 저승도 정말 넓은
거였네요."

응응, 하면서 고개를 끄덕이는 기쿠 할머니를 향해
부드럽게 웃어준 아키야마 씨가 자리를 정돈하듯이 말
했다.

"네, 그럼 다시 한번, 도미타 기쿠 님의 인생 영화 상

영에 대한 미팅을 시작하겠습니다."

"네, 잘 부탁드립니다."

그 타이밍에 나도 의자에 앉은 채로 다시 한번 허리를 펴고 자세를 바로잡았다.

"자, 그럼 우선 기억나는 부분만 말씀하셔도 괜찮으니까 기쿠 님의 생전 이야기를 해 주시겠습니까?"

아키야마 씨의 말에 작게 고개를 끄덕인 후, 기쿠 할머니가 천천히 이야기를 시작했다.

"저는 쭉, 남편인 요지 씨와 둘이서 살았어요. 소박하지만 평온한 나날을 보냈죠. 남편은 아주 과묵한 사람이었어요. 워낙 그런 시대여서 그랬는지도 모르지요. 그 시절에는 여자 앞에서 주절주절 말이 많은 남자들은 거의 없었으니까요. 그래도 남편한테는 마음속 깊은 곳에 자리 잡은 다정함이 있었죠. 좋아한다느니, 사랑한다느니 하는 말은 결혼 전에도, 같이 살면서도 들은 적이 없었지만, 저를 아끼고 소중하게 여기는 마음은 알 수 있어서 저는 남편과 함께하는 삶이 정말 행복했어요."

갑자기 지금까지와는 반대로 기쿠 할머니의 표정이

어둡게 가라앉았다.

"그런데 말년에 남편이 치매를 앓게 되었어요. 증상이 초기일 때는 남편을 여러 곳에 데리고 나갔어요. 젊었을 때 둘이서 여행을 많이 다녔거든요. 그때 갔던 추억의 여행지들을 돌아보면 기억나는 게 많아지지 않을까 하고 약간 기대하는 부분도 있었죠. 여행지에서는 함께 했던 지난 추억 이야기를 많이 했어요. 제가 기대했던 결과를 얻지는 못했지만, 그래도 함께 시간을 보낼 수 있었다는 것만으로도 저는 충분히 행복했지요. 증상이 좀 더 악화한 뒤에 어느 날 문득 남편이 꽃을 선물해 준 적이 있어요. 그전에는 한 번도 그런 적이 없었기 때문에 더 분명히 기억하고 있죠. ……그런데 그러던 남편이 제가 죽기 3년 전에 먼저 가 버렸어요. 가슴에 커다란 구멍이 뻥 뚫린 느낌이었죠. 소중한 사람이 눈앞에서 사라져 버리고 말았으니까요. 그 뒤의 일은 기억이 잘 나지 않아요. 혼자 지내기에는 너무 긴 시간이어서……."

기쿠 할머니가 이야기를 잠시 멈췄다. 아까와는 표정

이 많이 달랐다. 생전 마지막 시기에 대해서는 마음속에 담아둔 이야기가 많은 모양이었다.

이 시점에서 아키야마 씨가 어떤 말을 건넬지 궁금했는데 아키야마 씨는 아무 말 없이 그냥 자리에서 일어났다. 그러더니 주방 옆에 마련해 두었던 티 세트를 우리 앞에 있는 테이블로 옮겨놓고는 입을 열었다.

"귀한 이야기를 해 주셔서 감사합니다. 잠시 숨을 돌릴까요? 차 한 잔 내드린다는 걸 깜박 잊어버리고 있었네요."

아키야마 씨가 준비한 차는 일반적인 차와 전혀 달랐다. 테이블 위에 놓인 투명한 찻잔 안에 찻잎 같아 보이는 잎사귀를 둥글게 말아 넣은 공 모양의 무언가가 보였다. 아키야마 씨는 주전자를 들더니 공 바깥을 감싸고 있는 잎사귀 하나하나에다 뜨거운 물을 천천히 부어 나갔다.

"잠시만 지켜보면서 기다려 주세요."

아키야마 씨의 말을 듣고 기다렸더니 공 모양의 잎사귀가 조금씩 풀리기 시작했다. 그리고는 잎사귀가 품고 있던 것이 새가 알을 깨고 나오듯 모습을 드러냈다.

"앗!"

꽃이었다. 안에서 모습을 드러낸 것은 아름다운 흰 꽃이었다.

꽃잎이 펼쳐질수록 찻잔 안의 뜨거운 물도 점점 찻잎 색깔로 물들어갔다. 마지막에는 화사한 꽃이 한가운데 자리 잡은 아름다운 차가 완성되었다.

"이건……!"

놀라움을 감추지 못하는 기쿠 할머니와 나에게 아키야마 씨가 설명해 주었다.

"공예 차라고 불리는 것입니다. 찻잎 속에 꽃이 숨어 있어서, 뜨거운 물을 부으면 마치 꽃이 피듯이 모습을 드러내기 때문에 눈으로도 즐길 수 있게 만든 중국 차 지요. 기쿠 님이 남편분께 꽃을 선물 받았다는 이야기를 듣고 이 차를 내드리면 딱 좋겠다는 생각이 들었습니다."

"정말 아름답네요. 마시기가 아까울 정도예요."

그렇게 말하는 기쿠 할머니의 표정이 아까와는 달

리 환하게 밝아져 있었다. 그야말로 꽃이 활짝 핀 것 같았다.

"이 차 자체도 맛이 좋은 보이차입니다. 찻잔 안에서 활짝 핀 꽃이 국화(일본어로 '기쿠菊'라 발음한다 – 옮긴이 주)였다면 그야말로 완벽했을 텐데 말입니다."

아키야마 씨가 미소를 지으며 말하자 기쿠 할머니가 다시 한번 웃었다.

그리고 차를 한 모금 마셨다.

"맛있네요. 마음까지 따뜻해지는 것 같아요."

기쿠 할머니는 몸이 따뜻해진다고 하지 않고 마음까지 따뜻해진다고 말했다. 옆에서 같은 차를 마시면서 나도 똑같은 생각을 했다. 아키야마 씨의 진심 어린 배려가 이 차에 담겨 있는 것 같았기 때문이다.

혹시 아키야마 씨는 일부러 차 대접을 잊어버린 척한 게 아니었을까?

생전의 삶을 이야기할 때 행복했던 추억이 떠오를 수도 있지만, 반대로 슬픈 과거가 생각날 수도 있다. 아키야마 씨는 그런 가능성을 염두에 두고서 차를 대접하는 타이밍을 뒤로 미루어둔 것이다. 그리고 이 순간, 기쿠 할머니에게 가장 필요한 차를 내어준 것이 아닐까, 하는 생각이 들었다.

"꽃 선물은 정말 멋진 거지요. 선물 받는 사람은 물론이고 주는 사람까지도 행복한 기분이 들게 하니까요."

"남편도 그렇게 생각했을까요?"

"네, 분명히 그러셨을 거예요. 틀림없습니다."

부드러우면서도 확신에 찬 아키야마 씨의 말에 기쿠 할머니가 고개를 천천히 끄덕였다.

"영화 속에 나오는 남편을 다시 보는 게 기대되네요."

기쿠 할머니가 계속 말을 이어나갔다.

"그러나저러나 인생을 81년이나 살았으면 영화가 너무 길어지는 게 아닐까요? 다른 사람들하고 같이 보는 건 상관없는데 그 점이 좀 걱정되네요."

"그 부분에 대해서는 걱정하지 마십시오. 영화에는 기쿠 님 인생의 명장면들만 중점적으로 나올 테니까요."

"그렇군요, 명장면……. 그런데 그런 명장면이 내 인

생에도 있었을까요?"

이번에는 그 점이 더 걱정되는 모양이다. 하지만 그 부분에 대해서도 아키야마 씨가 분명하게 대답해 주었다.

"물론 있지요. 누구에게나 반드시 있는 법입니다. 인생의 명장면이라는 게……."

자신감 넘치는 아키야마 씨의 말투에 기쿠 할머니도 이제야 마음이 놓이는 모양이었다.

부드럽게 웃으면서 과거를 떠올리듯이 말했다.

"그렇군요. 어쩌면 남편한테 꽃을 선물 받았을 때가 내 인생의 명장면 중 하나였을지도 모르겠네요."

기쿠 할머니가 차를 다시 한 모금 마시더니 온화한 표정으로 웃음을 지었다. 내가 이 천국에 와서 몇 번이나 보았던 기쿠 할머니의 부드러운 미소였다.

역시 이런 사람이 천국에 제일 잘 어울린다는 생각이 들었다. 아키야마 씨도 그렇다. 천국에서 누군가를 이끌어주는 역할에 딱 맞는 사람이다.

그렇게 천국에 사는 사람들과 이야기할 때마다 궁금

증은 더 커져갔다. 어떻게 내가 천국에 올 수 있었을까?

그 이유는 아직도 잘 모르겠다. 내 인생에도 모두가 영화로 볼 수 있을 만한 명장면이 있는 걸까?

"맛있다."

그 대답은 아직 찾지 못했지만, 눈앞에 꽃핀 보이차를 마시다 보니 지금은 이것만으로도 충분히 행복하다는 생각이 들었다.

미팅을 마친 다음에는 영화 상영을 알리는 작업에 들어간다. 기본적으로 영화를 홍보하는 형태다. 만약 영화의 주인공이 자기 인생의 영화를 소규모로 상영하고 싶어한다면 이 작업은 생략된다.

기쿠 할머니는 다른 사람들과 함께 보겠다고 해서 평소처럼 홍보하는 것으로 결정되었다. 길가 간판에 전단지를 붙이고 내일 상영 시간을 알린다. 몇몇 사람들은 벌써 흥미를 가진 모양이었다.

그런 작업들을 마친 후, 천국 영화관으로 돌아가기 전에 늘 가던 노을이 보이는 언덕을 들렀다. 오늘은 평소보다 한적한 모습이었다. 그러고 보니까 아키나 씨를 비롯한 몇몇은 다른 장소에 갈 예정이 있다고 했다. 뻥 뚫린 드넓은 언덕 위에 사람들이 띄엄띄엄 있는 모습이 어딘지 쓸쓸해 보였다.

"어!"

그렇게 서 있는 사람들 중에 눈에 띄는 사람이 있었다.

"기쿠 할머니."

조금 전까지 미팅을 했던 기쿠 할머니가 거기 있었다. 누군가와 이야기를 나누는 것도 아니었다. 그저 조용히 노을을 바라보며 가만히 서 있을 뿐이었다. 마치 뭔가 과거의 일을 떠올리는 사람처럼.

"오노다 씨, 일하느라 고생이 많아요."

기쿠 할머니는 내 이름을 정확히 기억하고 있었다. 이런 작은 것에서도 기쿠 할머니의 성실함을 알 수 있었다.

기쿠 할머니가 부드러운 목소리로 말을 이어나갔다.

"생각해 보니까 좀 부끄럽고 낯간지럽네요. 내가 뭐라고 이런 사람의 인생을 담은 영화를 보려고 여러 사람이 모이게 만들다니……."

기쿠 할머니가 작게 웃으며 말했다. 그 마음은 나도 이해할 수 있었다.

"그런 생각이 드실 수도 있죠. 이런 상황은 처음이실 테니까요."

"당연하죠. 죽은 것도 처음이고, 천국에 온 것도 처음이니까요."

이번에는 아까보다 좀 더 큰 소리로 기쿠 할머니가 웃었고 나도 덩달아 웃었다. 그 말이 맞았기 때문이다.

"하나부터 열까지 만사가 처음이에요. 이런 세계가 있을 줄은 꿈에도 생각하지 못했는데. 심지어 아키야마 씨 이야기처럼 죽은 후에도 여러 세상이 있다니 말이에요."

기쿠 할머니가 눈으로 웃었다. 젊은 나이에 여기에 오는 것과 오랜 세월을 살고 난 다음에 오는 것은 전혀 다를지도 모른다. 생전의 기억 부분도 그렇다. 오래 살다가 천국에 온 사람에게는 훨씬 더 긴 시간동안 일어났던 일들이 마음에 새겨져 있을 것이다.

"……저, 하나만 여쭤봐도 될까요?"

내 물음에 기쿠 할머니가 고개를 끄덕였다.

"남편분과는 처음에 어떻게 만나신 거예요?"

이런 질문을 한 것은 예전에 아키야마 씨가 해 준 말이 생각나서였다.

천국 영화관에서 일하게 되면 다른 사람의 인생에 더 깊이 다가갈 수 있다고 했다. 그래서 기쿠 할머니에 대해 더 알아야겠다는 생각이 들었다. 나 자신을 위해서, 그리고 기쿠 할머니의 영화 상영을 더 잘하기 위해서도…….

"첫 만남은 선보는 자리였어요. 그 시절에는 대개가 그렇게 만나서 결혼했으니까. 나도 수줍음이 많아서 낯을 가리는 편이었는데 남편은 더 심했던 것 같아요. 처음에는 거의 눈도 마주치지 못했거든요. 하지만 그래서 오히려 속정이 깊고 성실한 사람이라는 생각이 들었죠."

"저도 조금은 알 것 같아요."

"그래요. 그렇게 말하는 오노다 씨의 성실한 성품도

내 눈에는 훤히 보이네요."

그렇게 말하며 빙긋이 미소를 짓더니 기쿠 할머니가
말을 이었다.

"사실 나는 시간이 지나고 좀 익숙해지면 점점 말이
많아지는 편이에요. 하지만 남편은 그렇지 않았죠. 서로
익숙해질수록 말수는 줄어들고 그냥 주변이 따뜻해지
는 느낌만 감돌게 하는 그런 사람이었어요."

남편에 대한 이야기를 하는 사이에 기쿠 할머니의 표
정이 점점 부드러워졌다.

"남편은 말보다 행동으로 자기 마음을 나타내는 사람
이었죠. 여기저기 참 많은 곳에 나를 데려가 주었어요.
우리 둘 다 여행을 워낙 좋아해서……."

어느새 나는 기쿠 할머니의 얼굴에서 그 온화한 표정
이 떠나지 않기를 간절히 바라고 있었다.

"아타미는 우리가 아주 좋아하는 여행지였죠. 지바의
가츠우라도 좋았어요. 치매 발병을 안 뒤에도 과거 기
억들을 되찾아 보려는 마음에 여기저기 여행지에 같이
다녔는데……."

거기서 기쿠 할머니가 말을 멈췄다. 뭔가 골똘히 생각에 잠긴 표정이었다.

"왜 그러세요?"

"아니, 그냥요. 그 뒤로는 어디로 여행을 갔더라 하는 생각이 들어서요. 워낙 많은 곳에 다닌 통에 언제 어디로 갔는지 기억이 뒤죽박죽이 되어버려서 금방 안 떠오르는 게 영 답답하네요. 나이를 먹으니까 머리도 안 돌아가나 봐요."

그렇게 말하면서 기쿠 할머니가 멋쩍게 웃었다. 어쩌면 추억이 너무 많아서 기억이 뒤엉켜버린 것일 수도 있겠다는 생각이 들었다.

"그런 것들도 내일 영화를 보시면 다 생각나실 거예요."

나도 웃으며 말했다.

언젠가 나도 내 영화를 보면 모든 일들이 생각날 거라고 스스로에게 말해주고 싶었던 부분도 있다. 하지만 그보다도 기쿠 할머니를 응원해 드리고 싶었다.

"고마워요, 오노다 씨."

부드럽게 웃으며 말하는 기쿠 할머니의 미소에 나도 같이 웃었다.

기쿠 할머니가 천국 영화관에서 마지막 장면을 평온하고 행복하게 맞이했으면 좋겠다고 진심으로 바랐다.

오랜 시간, 자신의 삶을 모두 살아온 다음 맞이하는 마지막 이후에 슬픈 결말이 있을 필요는 없지 않은가.

만약 이곳이 정말 천국이라면 여기서 상영되는 영화는 모두 해피 엔딩이어도 된다고 나는 생각했다.

영화 상영 당일이 되었다.

천국 영화관 로비에는 사십 명 가량의 사람들이 모여 있었다. 대부분은 천국 어딘가에서 만난 사람들인데, 처음 보는 사람들도 몇 명 있었다.

조금 늦게, 잘 아는 인물이 나에게 다가와 아는 척을 했다.

"안녕! 열심히 일하고 있나, 신입이?"

그렇게 외치며 바로 코앞까지 뛰어온 사람은 야마토 군이었다.

바로 뒤에 아키나 씨와 로베르토 씨도 있었다.

"80대에 돌아가신 분의 인생 영화는 정말 오랜만이 네. 어떤 이야기일지 궁금하고 기대되지 않아?"

"네, 저도 기대됩니다. 이전 시대의 모습 보는 걸 아 주 좋아하니까요."

두 사람의 말에 나도 고개를 끄덕였다.

"야마토 군도 재미있게 볼 수 있는 영화였으면 좋겠 네요. 천국 영화관에서도 애니메이션 같은 걸 상영할 수 있으면 좋을 텐데."

"나도 이제 다 큰 어른이야. 실사 영화건 애니건 다 재미있게 볼 수 있다고!"

이런 식의 티키타카 자체는 평소와 다름이 없었다. 그렇지만 나는 그리 속이 편한 상태가 아니었다.

천국 영화관에서 영화를 매일 상영하는 것은 아니다. 그래서 천국에 있는 사람의 인생 영화를 보는 것은 나 에게 이번이 세 번째다. 사실 첫 번째와 두 번째 때만 하더라도 정신을 똑바로 차리지 못하고 멍하니 진행했던 것 같다. 아직 천국이라는 환경에도, 영화관 스태프라는 일에도 적응하지 못한 상태였다.

하지만 이번은 지금까지와 전혀 다른 기분이었다. 나도 모르게 긴장을 하고 있었다. 미팅부터 참가해서 기쿠 할머니의 생전 이야기를 들었고, 미팅이 끝난 후에도 언덕 위에서 기쿠 할머니와 남편분에 대한 이야기를 들었다.

아키야마 씨의 말대로 누군가의 인생에 깊숙이 다가간 느낌이었다. 그것만으로 영화를 보는 마음가짐이 이렇게 달라지나 싶어 스스로도 깜짝 놀랄 정도였다.

마치 지금 나 자신의 인생 영화가 상영되는 것 같은 기분이었다.

"자, 여러분! 즐겁게 담소를 나누시는 것도 좋지만 이제부터 더 즐겁게 영화를 관람할 시간입니다. 각자 빈자리를 찾아서 앉아주세요."

극장 앞에 있는 우리에게 아키야마 씨가 외쳤다. 그 말에 따라 모두 극장 안으로 들어갔다.

좌석은 절반 정도 찬 것 같았다. 이제 시작될 영화를 기대하는 표정들은 현실 세계의 영화관 풍경과 다르지 않았다. 이 공간만 떼어놓고 보면 현실 세계에서 흔히 볼 수 있는 소극장 안의 모습이었다.

중앙 통로를 사이에 둔 제일 가운데 자리에 기쿠 할머니가 앉아 있었다. 특별석이라고 할 만한 곳이었다.

기쿠 할머니의 모습이 내 눈에 들어온 그때, 아키야마 씨가 중앙 통로에 서서 손을 번쩍 들더니 관중석에 있는 사람들을 향해 말했다.

"여러분, 오늘 이 자리에 모여주셔서 감사합니다. 이제 곧 도미타 기쿠 님의 인생 영화가 상영됩니다. 극장 안에서는 규칙과 예절을 지켜주십시오. 영화 상영 중에는 정숙해 주시기 바랍니다. 핸드폰이나 전자 기기의 전원은 꺼주십시오. 아 참, 그런 물건을 가지고 있는 사람은 없겠네요. 앞의 좌석을 차거나 불편을 끼치는 일이 없도록 유의해 주시기 바랍니다. 불법촬영은 당연히 금지입니다. 몰카로 녹화하는 건 절대 안 됩니다. 그런 사람은 곧바로 지옥행입니다!"

아키야마 씨가 재치 있게 말하자 여기저기에서 웃음이 터져 나왔다.

그런 다음 아키야마 씨가 팔을 내리더니 두 손을 마주 잡고 소개하는 말을 마무리했다.

"그럼 여러분, 이런 규칙을 잘 지키면서 영화를 감상해 주십시오. 천국 영화관이라는 특별한 공간에서 함께 보내는 시간을 즐겨주셨으면 합니다. 많이 웃고, 많이 울며 인생을 함께 맛보도록 합시다. 그럼 천국 영화관의 영화 상영을 시작하겠습니다!"

아키야마 씨가 말을 마치자 극장 조명이 천천히 꺼졌다. 사방이 어두워지자 눈앞의 스크린에 영상이 떠올랐다.

몇 번을 경험해도 이 순간만큼은 아주 각별한 기분이 들었다. 모두가 우주선에 함께 탄 것 같기도 하고, 혹은 다른 세계로 들어온 것 같기도 한 이 느낌. 아키야마 씨의 말처럼 이렇게 많은 사람들과 함께 한 공간을 공유하는 순간이다.

집에서 영화를 볼 때는 이런 느낌을 절대 맛볼 수가

없다. 영화관 안에서만 느낄 수 있는 특별한 감각이다.

모두가 조용히 스크린을 응시하고 있다. 한 편의 영화를 보기 위해. 그리고 스크린에는 바로 그 한 사람, 도미타 기쿠 씨의 인생이 펼쳐졌다.

기쿠 할머니의 영화는 남편인 요지 씨와 만나는 장면에서 시작됐다.

아직 젊은 시절의 기쿠 할머니, 그리고 남편이 될 요지 씨. 언덕 위에서 이야기해 주었던 대로 두 사람은 선보는 자리에서 처음 만났다.

기쿠 씨는 긴장한 게 역력한 모습이었다.

요지 씨 역시 묻는 말에 대답하면서도 어딘가 딱딱하게 굳은 표정이었다.

제일 신이 난 건 맞선 자리를 주선한 중매인 두 사람 같았다.

그런데 그때부터 화면에 기쿠 씨와 요지 씨 두 사람의 시선이 클로즈업되었다.

눈을 깔고 아래만 바라보는 요지 씨를 기쿠 씨가 바

라본다.

좀처럼 시선이 겹치지 않는다.

요지 씨가 고개를 들며 기쿠 씨와 눈이 마주쳤다.

이번에는 기쿠 씨가 눈길을 피한다.

요지 씨도 다시 눈길을 아래로 내린다.

다시 요지 씨가 고개를 든다.

이번에는 기쿠 씨가 눈길을 다시 올린 타이밍과 딱 맞아떨어졌다.

아까보다 오랜 시간 두 사람의 시선이 마주쳤다.

아니, 이제는 서로를 빤히 쳐다보는 것처럼 보였다.

기쿠 씨가 자기도 모르게 픽 웃었더니 요지 씨도 웃는 얼굴이 되었다.

그 모습만 지켜봐도 두 사람 사이에 소중한 무언가가 통하기 시작했다는 사실을 알 수 있었다.

다음 장면은 두 사람이 이미 교제를 시작한 상태였다.

많은 시간을 함께 한 두 사람은 결혼에 이르렀고, 결혼 생활은 아주 순조로워 보였다. 두 사람은 여기저기 다양한 장소를 함께 여행하며 많은 추억을 쌓아갔다. 아이가 없다는 점이 아쉽게 보이기는 했어도 두 사람은 매우 행복해 보였다.

어두운 극장 안에서 문득 기쿠 할머니 쪽을 쳐다보았다. 어떤 표정으로 자기 인생에 대한 영화를 보는지 궁금했다.

기쿠 할머니는 온화한 표정으로 영상을 보고 있었다. 당시의 기억이 생생하게 되살아난 듯, 스크린을 통해 다시 만난 남편을 반가워하고 있었다.

그러나 그런 결혼 생활이 만년을 맞이할 즈음에 어두운 그림자가 드리워졌다.

병원 장면이었다.

의사가 뭔가 심각한 표정으로 기쿠 할머니에게 이야기하고 있었다. 치매에 대한 내용으로 짐작되었다. 남편을 대신해 의사 소견을 들었을 것이다. 사랑하는 사람이 병에 걸렸다는 이야기에 심한 충격을 받은 모양이었다.

그 뒤로 두 사람은 하루하루의 시간을 더욱 소중하게 보내기 시작했다.

집에서 함께 있는 시간을 소중히 여겼다.

둘이 나란히 집 근처를 산책하는 것만으로도 행복해 보였다.

오랜 인생 가운데서도 평범하게 흘러가는 매일매일 의 생활이 가장 소중하다는 것을 서로 이해하고 있었던 것 같았다.

그리고 한순간의 공백 후에 스크린 한가득 선명한 노 란 꽃들이 나타났다.

꽃이 만발한 꽃밭이었다.

수선화였다.

그리고 그 아름다운 풍경 속에 요지 씨가 있었다.

요지 씨는 마주보고 선 기쿠 씨를 향해 미소를 지었다.

그의 손에는 주변 꽃밭의 꽃들과 비교해도 훨씬 더 돋보이는 수선화 꽃다발이 있었다.

아아, 이게 미팅 때 말씀하셨던 꽃 선물이구나, 하고

바로 알아차릴 수 있었다.

요지 씨가 기쿠 씨에게 한 발짝 더 다가갔다.

그리고는 수선화 꽃다발을 건네며 활짝 웃었다.

그러자 기쿠 씨도 살포시 미소를 지었다.

이윽고 두 사람은 정말 행복한 표정으로 꽃처럼 활짝 웃었다.

그렇게 활짝 핀 수선화에 둘러싸인 모습으로 기쿠 할머니의 인생 영화가 끝을 맺었다…….

엔딩 크레딧이 끝나자 극장이 떠나갈 듯한 큰 박수 소리가 울려 퍼졌다.

정말로 멋진 영화였다. 더할 나위 없이 아름다운 해피엔딩 덕분에 극장을 나서는 사람들은 모두 행복에 흠뻑 젖은 채 가벼운 발걸음을 재촉하는 것처럼 보였다.

좋은 영화를 보고 나면 이런 느낌이 드는지도 모른다. 극장을 나선 뒤에도 영화 일부가 몸속에 남아 마음을 따뜻하게 해 주는 듯했다.

기쿠 할머니의 인생 영화가 바로 그랬다.

정신을 차리고 보니 극장 안에는 영화관 스태프인 아키야마 씨와 나, 그리고 기쿠 할머니 세 사람만 남아 있었다.

나는 영화를 본 소감을 빨리 기쿠 할머니에게 전하고 싶어 입이 근질근질했다. 남편분께 꽃다발을 선물 받았다는 인상적인 에피소드가 영화의 피날레를 장식한 것이다. 기쿠 할머니로서도 자기 인생을 보여주는 영화의 끝맺음으로 최고의 방법이었겠구나 하고 생각했다.

그런데 영화가 끝난 후 기쿠 할머니가 보인 표정은 내가 상상했던 것과 전혀 달랐다.

"……할머니?"

기쿠 할머니는 뭔가 뜻밖의 일을 겪은 사람처럼 당혹스러운 표정을 짓고 있었다. 아키야마 씨도 그 점을 알아차렸는지 의아한 얼굴로 기쿠 할머니에게 다가가 말을 걸었다.

"왜 그러십니까, 기쿠 님?"

"아니, 그게……."

기쿠 할머니가 말끝을 흐렸다. 이토록 멋진 영화에

도대체 무슨 문제가 있는 걸까? 그런데 기쿠 할머니의 입에서 전혀 생각지도 못한 말이 불쑥 쏟아졌다.

"그게 나로서도 너무 이상한데, 마지막에 수선화 꽃다발을 받은 일이 전혀 생각나지 않아서요……. 영화에 나온 것처럼 그렇게 멋지고 아름다운 장면이었으면 절대 잊어버렸을 리가 없는데……."

"네?"

옆에서 듣다가 나도 모르게 소리를 높이고 말았다. 믿을 수 없는 발언이었다.

도대체 어떻게 된 일일까? 마지막에 꽃다발을 받는 장면은 틀림없이 기쿠 할머니의 인생에서 특별한 일이었을 것이다. 그런데 막상 기쿠 할머니는 그 일을 기억하지 못한다니.

"미팅하면서 생전 이야기를 할 때 기쿠 님이 남편분께 꽃다발을 선물 받았다고 말씀하셨지요? 그 꽃다발이 영화에 나온 수선화 꽃다발이 아니라는 말씀이신가요?"

아키야마 씨가 물었다. 나도 그 이야기는 기억하고 있었다. 아키야마 씨의 질문에 기쿠 할머니가 고개를 끄덕였다.

"그래요. 내가 받은 건 국화꽃이었어요. 내 이름하고 똑같다면서 어느 날 선물했는데, 국화 옆에 안개꽃이 같이 있는 귀여운 꽃다발이었어요."

"그럼 영화에 나온 수선화 꽃다발은……?"

"전혀 기억에 없어요……."

점점 뭐가 뭔지 갈피를 잡을 수 없었다. 박수갈채를 받으며 환한 분위기에 휩싸여 있던 아까와는 분위기가 딴판이었다. 지금은 뭔가 설명할 수 없는 이유로 모든 것이 뒤틀린 것 같았다. 도대체 무슨 일이 벌어지고 있는 걸까?

"혹시 기억이 약간 엉켜서 헷갈리신 게 아닐까요? 멋진 추억들이 너무 많아 머릿속에서 뒤죽박죽이 되는 바람에 깜박하신 건지도 몰라요."

안절부절못하는 심정으로 기쿠 할머니를 위로하듯이 말했다. 예전에 언덕 위에서 이야기했을 때와 마찬가지라고 생각했다. 틀림없이 단편적인 부분을 잊어버린 것이다.

하지만 내 위로를 들은 기쿠 할머니는 스스로에게 실망한 표정으로 중얼거렸다.

"그렇게 멋진 추억을 깜박 잊어버린다고요?"

"……."

기쿠 할머니가 말을 이어갔다.

"자기 인생 영화에서 마지막을 장식할 만큼 멋진 명장면을 잊어버리다니. 그런 일이 있을 수 있나요?"

"기쿠 할머니……."

기쿠 할머니의 말에 나는 아무 대답도 할 수 없었다.

기쿠 할머니의 표정은 무척 침울해 보였다. 나는 그런 표정을 보는 게 너무 힘들었다.

어째서 이런 일이 일어난 것일까?

조금 있으면 기쿠 할머니는 이 천국을 떠난다. 이대로 있다가는 마음에 맺힌 것을 풀지 못한 채 사라지게 될지도 모른다.

기쿠 할머니가 마지막에 환하게 웃는 얼굴로 이 영화관을 떠나주기를 진심으로 바랐는데…….

이런 와중에 아키야마 씨 혼자서만 아무렇지 않은 표

정으로 가만히 우리를 지켜보고 있었다.

"기쿠 님, 이건 제 추측으로 드리는 말씀입니다만
……."

"아키야마 씨?"

그러더니 아키야마 씨가 놀라운 말을 꺼냈다.

"……혹시 치매에 걸린 사람이 남편분이 아니라 기
쿠 님 아니었을까요?"

"네……?"

기쿠 할머니는 말을 잇지 못했다. 아키야마 씨의 그
한 마디가 상상조차 하지 못했던 말이었기 때문인지도
모른다.

하지만 곰곰이 생각해 보더니 기쿠 할머니에게도 짐
작 가는 일들이 떠오른 모양이었다.

"내가 치매요?"

"네, 그렇습니다. 천국에 오신 분들은 생전에 질병 등
으로 괴로움과 통증이 있었다 해도 이곳에 오면 모든
고통이 사라지고 전혀 힘들지 않은 상태가 됩니다. 생
전에 쓰던 육체가 이미 흙으로 돌아가 버렸으니까요.

그러니까 이곳에 있는 기쿠 님이 착각을 하셨다 해도 전혀 이상하지 않습니다. 생전에 대한 말씀을 들었을 때와 실제로 영화를 봤을 때를 비교해도 마지막 부분에 대해서는 상당한 차이가 있다는 생각이 들었지요."

그 점에 대해서는 나도 좀 이상하다고 생각했다. 병원에서 치매라는 의사의 말을 듣던 장면도 다시 생각해 보면 그 사실을 직접 들었음을 나타낸 것이다. 여행을 갔을 때의 요지 씨 모습을 떠올려 보아도 아키야마 씨의 해석이 맞다는 생각이 들었다.

"그래서 기억을 잃어버린 사람은 어쩌면 남편분이 아니라 기쿠 님이 아니었을까 하고 생각한 겁니다."

기쿠 할머니는 그 말에 살짝 망설이는 듯한 표정을 짓더니 이내 고개를 작게 끄덕였다.

"믿고 싶지는 않지만, 그 말을 듣고 보니 나도 그게 맞겠다는 생각이 드네요. 영화를 봤을 때도 끝부분으로 갈수록 내 기억하고 다른 부분이 꽤 많았으니까요."

기쿠 할머니가 그렇게 말하더니 풀이 죽은 듯 어깨를 축 늘어뜨렸다.

"그럼 그렇게 된 거네요. 난 남편을 잔뜩 힘들게만 하고, 심지어 그랬다는 사실마저 까맣게 잊어버리고 있었다니……. 세상에, 내가 이렇게 매정하고 배은망덕한 사람이었다니……."

"매정하다니요……."

기쿠 할머니의 이런 표정을 보는 것은 처음이었다.

이 천국에 와서 내가 본 기쿠 할머니는 언제나 온화하게 웃고 있었다. 슬퍼 보이는 표정조차 본 적이 없었다. 그러던 기쿠 할머니가 마지막 시간에 이토록 슬픈 표정을 감추지 못하다니. 너무도 안타깝고 안쓰러웠다. 어쩌다가 이런 마지막을 맞이하게 되었을까? 혹시 인생 영화 같은 건 상영하면 안 되었던 게 아닐까?

기쿠 할머니는 어깨를 축 늘어뜨린 채 말을 이어갔다.

"아마 우리 남편도 늙고 병든 마누라가 딱하기도 하고, 정이 많아 버리지도 못해서 옆에 있었을 거예요. 애정이라고 하지만 사랑보다 정이 더 질기거든요. 같이 산 세월이 워낙 길어야 말이지. 그러니까 마지막까지 옆에 있어 준 것만 해도 고맙게 생각해야겠죠."

"그냥 정 때문이라뇨. 그럴 리가 없어요. 남편분께서는 틀림없이 기쿠 할머니를 진심으로 사랑하셨을 겁니다."

"아니에요. 사람이 팔십 넘게 살다보면 남의 속까지 훤히 알게 되어 있어요. 살아생전에 한 번도 좋아하네, 사랑하네 말해준 적이 없는 사람이었다니까요. 아마 속내도 마찬가지였을 거예요. 그런데 그런 사람을 그렇게 힘들게 하고 폐를 끼친 게 지금 와서 너무 뼈아픈 한이 되네요."

"그렇지 않을 거예요."

기쿠 할머니에게 내 말은 전혀 와닿지 않는 모양이었다. 갑작스럽게 마주하게 된 진실에 충격을 받아 거의 자포자기한 상태로 마음에도 없는 말을 늘어놓는 것인지도 몰랐다.

나는 그런 기쿠 할머니를 예전의 언덕 위에서처럼 온화한 얼굴로 웃게 할 수가 없었다.

영화가 끝난 다음, 영화 주인공은 극장을 나서야 한다. 그리고 극장에서 나가는 순간 이 천국에서 사라지게 되어 있다.

이런 마지막은 아니지 않나? 이렇게 슬픔을 가득 안은 채 여기를 떠나게 하고 싶지 않다.

남편분은 틀림없이 기쿠 할머니를 진심으로 사랑했을 것이다. 치매에 걸린 기쿠 할머니 곁을 끝까지 지킨 사실만 보아도 알 수 있지 않은가. 그것이야말로 무엇보다 확실한 증거가 아닐까. 그런 건 기쿠 할머니도 잘 알고 있다. 지금은 진실보다 더 확실하게 기쿠 할머니의 마음을 움직일 수 있는 '한 방'이 필요하다. 남편이 자신을 사랑했다는 사실을 기쿠 할머니가 진심으로 믿게 만들 수 있는 확실한 증거 말이다.

"기쿠 할머니……."

내가 다시 한번 부르려던 바로 그 때였다.

"기쿠 님, 지금 그게 무슨 얼토당토않은 말씀이세요. 남편분께서는 틀림없이 기쿠 님을 깊이 사랑하셨습니다."

그렇게 말한 사람은 옆에 있던 아키야마 씨였다. 나도 같은 말을 하려던 참이었다. 하지만 지금 아키야마 씨가 짓고 있는 표정으로 말할 수 있었을 것 같지는 않았다.

아키야마 씨의 눈은 진심이었다. 지금 건넨 말이 형식적인 위로가 아니었음을 충분히 느끼게 하는 표정이었다.

그 진지한 마음이 조금이나마 전해졌는지 기쿠 할머니가 아키야마 씨에게 반박했다.

"그게 무슨 소리예요? 남편이 나를 깊이 사랑했다니, 뭘 근거로 그런 말을 할 수 있어요?"

여전히 그 말을 믿지 못하는 기쿠 할머니에게 아키야마 씨가 말했다.

"수도 없이 많은 인생 영화를 봐 온 사람으로서 말씀드리자면 기쿠 님의 영화만 봐도 바로 알 수 있었습니다. 불을 보듯 확연했다는 표현을 써도 될 만큼 말입니다. 기쿠 님을 바라보는 남편분의 눈길에 누가 봐도 알 수 있을 만큼 분명한 사랑이 담겨 있었지요."

"그거야……."

아직도 기쿠 할머니의 눈동자는 밝아지지 않았다.

"게다가 말년에도 여기저기 여행지로 데려다 준 사람이 남편분 아니었나요? 그 수선화 꽃다발을 선물하는 장면은 마치 사랑을 다룬 명화처럼 감동적이었고요."

"아무리 그런 말로 위로하려고 해도……."

여전히 빛이 돌아오지 않았다.

기쿠 할머니가 받은 충격은 그 정도로 강렬했던 것이다. 워낙 다른 사람들의 눈치를 살피고 배려하며 살아온 사람이라서 미안한 마음에 더 부정하려 드는 것인지도 모른다. 치매를 앓은 자신이 제일 가까이에 있던 남편을 너무 힘들게 했다고 자책하는 것일 수도 있다.

그런 기쿠 할머니의 심정을 헤아리듯이 아키야마 씨가 따뜻한 눈길로 바라보았다.

그리고는 전혀 뜻밖의 질문을 기쿠 할머니에게 던졌다.

"혹시 수선화에 담긴 꽃말이 무엇인지 아십니까?"

"수선화의…… 꽃말이요?"

기쿠 할머니는 짐작도 가지 않은 모양이었다.

옆에 있는 나도 모르는 것은 마찬가지였다. 아니, 설

마 여기서 갑자기 수선화 꽃말에 대한 이야기가 나올 줄은 생각지도 못했다.

그런 우리 두 사람을 지긋이 바라보면서 아키야마 씨가 천천히 입을 열었다.

"수선화의 꽃말은 '다시 한번 나를 사랑해 주세요'입니다."

그 말을 듣는 순간, 기쿠 할머니가 이제까지와는 전혀 다른 반응을 보였다.

"그게…… 정말이에요?"

어깨가 파르르 떨리고 있었다.

그 말이 확실히 기쿠 할머니의 마음에 와닿은 모양이었다. 수선화의 꽃말이 기쿠 할머니의 마음속 깊은 곳을 울린 것이다.

"이 꽃말은 남편분이 기쿠 님에게 하시려던 말이었을 겁니다. 수선화를 꽃다발로 하는 경우는 보기 드무니까요. 그리고 이 꽃말이야말로 기억을 잃어버린 상대에게 보낼 수 있는 가장 큰 사랑의 말이 아닐까요?"

"아, 아아……."

"이것이야말로 남편분께서 기쿠 님에게 드리고 싶었던 선물인 겁니다. 쑥스러움 많고 과묵해서 입 밖으로 꺼내지는 못했어도 남편분께서 기쿠 님에게 꽃을 통해 보낸 사랑의 말인 겁니다."

그 순간 기쿠 할머니의 눈에서 눈물이 흘러내렸다.

한 방울, 두 방울 눈물이 흐르는 모습은 그 옛날 남편에게 받은 꽃다발에 물을 주는 것처럼 보였다.

조금 전 스크린에 비친 영상과 지금의 기쿠 할머니의 모습이 겹쳐진 느낌이 들었다.

"요지 씨……."

가장 사랑하는 사람의 이름이 그 눈물과 함께 흘러나왔다.

마음을 열어 아키야마 씨가 한 말을 받아들이듯이 기쿠 할머니가 자기 가슴에 손을 얹었다. 마치 자기 마음을 확인하는 듯했다. 그리고 남편에게 받은 사랑을 확인하는 것처럼 보이기도 했다.

"고마워요, 여보……."

아름다운 수선화 꽃밭에서의 광경은 행복한 두 사람을 보여준 명장면이었다. 그 명장면은 꽃말에 담긴 가장 사랑하는 사람의 마음과 함께 앞으로도 기쿠 할머니의 가슴속에 깊게 아로새겨질 것이다.

이윽고 기쿠 할머니는 자기 다리로 굳건히 일어나 영화관 문 앞에서 마지막으로 우리를 돌아보며 웃는 얼굴로 이렇게 말했다.

"……아무런 후회도 없는 행복한 인생이었어요."

그리고 기쿠 할머니는 천국을 떠났다.

극장을 나온 후에는 기쿠 할머니의 모습을 더이상 볼 수 없었다. 천국 영화관에서 자기 인생을 영화로 상영한 사람은 천국에서 사라져 버리기 때문이다. 그 후에 이승에서 다시 태어나는지, 아니면 또 다른 곳으로 가게 되는지 그 점은 아키야마 씨도 잘 모른다고 했다.

천국은 넓다. 그리고 천국 너머는 더 넓다. 이 천국

외에도 내가 상상도 할 수 없을 만큼 크고 넓은 세계가 펼쳐져 있다고 했다.

살아있을 때는 이런 천국조차 진짜로 있으리라고는 상상도 하지 못했지만, 지금 와서 보면 이곳이 있어서 다행이라는 생각이 들었다.

"정말 좋은 영화였습니다. 역시 사람의 인생은 좋은 거네요. 인생에는 셀 수 없이 많은 드라마가 있으니까요."

아까와는 딴판으로 고요함에 싸인 영화관 로비에 선 채로 아키야마 씨가 말했다.

"아무래도 천국에 오는 사람들의 영화는 좋은 인생을 보여주는 내용이 대부분이겠죠?"

"그건 모르는 일이죠. 마지막 종착지가 천국이라 해도 거쳐온 길은 사람마다 천차만별입니다. 다른 사람들과 비슷한 인생을 사는 경우는 거의 없습니다."

"그런가요?"

하긴 그럴지도 모른다. 험난한 고생길을 걷다가 천국에 온 사람도 있을 것이다. 역사에 남을 만한 위대한 업

적을 남기고 이곳에 온 사람도 있을 수 있다. 누군가를 구해준 사람이나 일상의 나날을 소중히 살아온 사람도 있을 것이다. 천국에 이르기까지의 인생은 정말 사람마다 다를 테니까.

"……."

그런데 그런 말을 들으니 내 인생은 어땠을까 하는 생각이 더 많이 들었다.

나는 어떤 인생을 살다가 이 천국에 오게 되었을까? 기쿠 할머니와 남편분의 아름다운 사랑을 그린 영화를 보면서도 딱히 떠오르는 기억이 없었다. 그렇다면 나는 특별히 사랑했던 사람이 없었는지도 모른다. 나는 정말로 천국에 올 만한 자격이 있는 인간이었을까?

"뭔가 마음에 걸리는 일이 있나요?"

아키야마 씨가 조금 걱정스러운 표정으로 나를 보고 있었다. 급하게 얼버무리려고 허둥지둥 아까 떠올랐던 질문을 꺼냈다.

"아, 그러고 보니 조금 궁금했던 점이 있어요. 아키야마 씨는 어떻게 수선화의 꽃말까지 알고 있었던 건가요? 보통 사람들은 그런 거 잘 모르잖아요. 원래 꽃이나 꽃말에 대해 잘 아시는 편인가요? 그때 공예 차도 준비해 놓으셨고요."

순수하게 궁금했던 점이기도 했다. 나는 내 과거도 기억하지 못하지만 아키야마 씨의 과거에 대해서도 아는 게 하나도 없었다.

다른 사람의 과거에 대해서는 함부로 물어보는 게 아니라는 생각이 들었다. 그래서 굳이 에둘러서 이런 식으로 질문한 것이다.

"아, 공예 차를 낸 건 그냥 우연이었습니다. 맛난 음료를 준비해서 손님을 대접하는 게 저의 취미이기도 하니까요. 그리고 수선화 꽃말을 알게 된 건 〈빅 피쉬〉를 본 덕분이죠."

"빅 피쉬?"

큰 물고기, 라는 게 도대체 무슨 뜻일까 싶었는데 아키야마 씨가 바로 설명해 주었다.

"팀 버튼 감독의 영화입니다."

"영화요?"

"네. 〈빅 피쉬〉는 사람들을 즐겁게 해 주기 위해 허풍 섞인 이야기를 잘하는 아버지와 그 아들을 그린 휴먼 판타지 이야기입니다. '피쉬 스토리fish story'라는 영어 단어에는 '허풍, 거짓말'이라는 뜻이 있습니다. 그러니까 이 영화 제목에도 그런 뜻이 들어 있겠지요. 그런데 한편으로 '빅 피쉬big fish'라는 단어에는 '위대한 사람'이라는 뜻도 있지요. 영어권에서는 'a big fish in a small pond'라는 비유가 있는데 그 말은 '작은 연못 속의 대어', 즉 좁은 영역 안에 가둬 두기에는 아까운 큰 인물이라는 뜻을 가지고 있다고 합니다. 이중적인 뜻을 가진 제목이 가리키듯이 여러 모양의 가족 관계를 그려낸 아주 훌륭한 영화지요."

"그렇군요."

그런 제목의 영화를 본 적은 없어도 팀 버튼 감독의 이름은 들은 적이 있었다. 영화를 많이 본 편이 아닌 나 같은 사람까지 알고 있을 정도니까 아주 유명한 영화감독인 모양이다.

아키야마 씨가 말을 이어갔다.

"그 〈빅 피쉬〉라는 영화에 수선화 꽃다발을 선물하는 장면이 나옵니다. 게다가 아까 기쿠 님의 영화에 나온 것처럼 화사한 수선화 꽃밭에서 사람들이 대화하는 장면도 있지요. 그 장면이 아주 인상적이라 문득 수선화 꽃말이 무엇인지 알아본 적이 있습니다. '다시 한번 나를 사랑해 주세요'라는 꽃말은 그때 알게 된 겁니다."

"그렇군요……. 그렇다면 아까 그 상황에서 기쿠 할머니에게 그런 말을 해 줄 수 있었던 게 다 영화를 봤기 때문이라는 뜻이네요?"

"네. 제가 가진 지식의 대부분은 영화에서 나온 거니까요. 약간 편향된 부분도 있겠지만 다양한 지식을 알 수 있답니다. 영화가 공부도 된다는 뜻입니다. 방금 말한 그 영어 단어의 뜻도 〈빅 피쉬〉 영화를 보지 않았다면 몰랐을 겁니다."

아키야마 씨 말이 맞다. 피쉬 스토리가 허풍이나 거짓말을 뜻하는 단어라든지, 빅 피쉬가 큰 인물을 뜻한다는 사실은 나도 이야기를 듣고 처음 알았다. 그리고 아키야마 씨는 수선화의 꽃말도 영화를 보고 알게 된 것이다.

"대단하네요. 역시 천국 영화관의 지배인은 다르네
요."

"별것 아닙니다. 우연히 그런 영화를 본 덕분이니까
요. 그래도 칭찬을 받으니 기분이 참 좋군요. 그 기세로
저를 지배인, 아니, 선장님이라고 불러보는 건 어떻습니
까?"

아키야마 씨가 농담조로 그렇게 말하며 웃었다. 아
키야마 씨는 겸손하게 아니라고 했지만 오늘 기쿠 할머
니와의 일이 순조롭게 해결된 것은 우연히 영화를 봤기
때문만이 아니었다.

그 상황에서 아키야마 씨가 적절한 말을 해 줄 수 있
었기에 기쿠 할머니가 오해와 자기 혐오의 늪에서 헤어
나올 수 있었다. 그것이 제일 존경할 만한 점이라는 생
각이 들었다.

아키야마 씨가 문득 생각났다는 듯이 말했다.

"그러고 보니 오늘로 오노다 씨의 천국 영화관 스태
프 연수가 끝났네요. 다시 한번 확인하겠습니다. 이대로

함께 일하는 것으로 알고 있어도 되겠지요?"

아키야마 씨의 질문에 나는 주저없이 고개를 끄덕이며 대답했다.

"네. 앞으로도 잘 부탁드립니다."

"그런 말을 들으니 기쁘고 마음이 든든합니다. 그럼 다음 영화 상영까지 잠시 기다리도록 합시다."

내가 어떻게 이 천국까지 오게 되었는지는 여전히 모른다.

하지만 그 이유를 아는 날이 올 때까지 이 천국 영화관에서 계속 일하고 싶다는 생각이 들었다.

★ 두 번째 영화 ★

바다가
들린다

THEATER IN
HEAVEN

"알리오 올리오 에 페페론치노 하나 주세요."

"그냥 '페페론치노' 달라고 하면 되잖아?"

'천국 영화관이 있다면 천국 카페도 있는 게 당연하지!'라고 내게 처음 말해준 사람은 아키나 씨였다. 나는 아키나 씨, 그리고 로베르토 씨와 함께 천국 영화관 근처에 있는 천국 카페에 와 있었다.

"'페페론치노'라고만 하면 이탈리아에서는 그냥 고추가 들어있는 아무 파스타나 나올 가능성이 있습니다."

로베르토 씨의 말을 들은 아키나 씨가 "파스타의 본고장이라며? 그럼 눈치껏 알아서 딱딱 만들어줘야 되는 거 아냐?" 하고 작게 구시렁거리더니 "저는 나폴리탄 하나요." 하고 점원에게 주문했다.

"그럼 저도 나폴리탄으로요."

나도 같은 파스타로 주문하자 옆에서 듣고 있던 로베르토 씨가 작게 한숨을 쉬었다. 이번에는 로베르토 씨가 불만이 생긴 모양이었다.

"'나폴리탄'이라고 부르는데 나폴리에는 절대 없는 아주 괴상한 음식입니다. 면발도 터무니없이 두껍고, 애초에 나폴리탄이라는 이름 자체가……."

"네네~ 잘 알겠고요. 하지만 나폴리탄은 일본 카페 음식의 정석 중 하나란 말이야. 말하자면 일본식 카페가 나폴리탄의 본고장인 셈이지."

"그런데 왜 굳이 이름을 나폴리탄이라고……."

로베르토 씨는 여전히 불만스러운 표정이었다.

"'탄'으로 끝나는 이름이 뭔가 좀 귀여운 느낌이잖아."

"나폴리탄~, 로베르토탄~, 아키나탄~. 듣고 보니 귀여운 느낌이 들기도 합니다."

갑자기 불만이 사라진 모양이다. 하긴 이게 늘 보는 두 사람의 대화 스타일이다. 말하자면 두 사람의 대화 방식의 정석이다.

그 뒤로 우리는 주문한 음식들을 먹는 데에 집중했다. 오늘은 이게 첫 끼여서 다들 배가 고팠다.

로베르토 씨는 페페론치노, 아니 알리오 올리오 에 페페론치노를 먹으며 옆에 있는 아키나 씨 쪽으로 시선을 힐끔힐끔 던졌다.

말은 그렇게 했어도 나폴리탄이 궁금한 모양이다. 어쩌면 지금까지 먹어본 적이 없는지도 모른다. 게다가 이미 뱉어버린 말이 있어서 앞으로 아키나 씨 앞에서는 주문할 수도 없을 것이다.

그런 생각을 하며 나는 나폴리탄을 말끔히 먹어 치웠다. 옛날 스타일의 나폴리탄이었는데 아주 만족스러운 맛이었다.

식후 커피가 나왔을 때, 로베르트 씨가 갑자기 생각났다는 듯이 말을 꺼냈다.

"천국 영화관에서도 현실 세계에서 볼 수 있는 영화들을 상영해 주면 참 좋을 것 같습니다."

로베르토 씨의 말에 아키나 씨가 맞장구를 쳤다.

"진짜 그러네. 오랜만에 일본 영화 보고 싶은데. 쓰마부키 사토시나 츠츠미 신이치가 나오는 영화면 제일 좋고."

"저는 이탈리아 영화가 보고 싶습니다. 제일 보고 싶은 건 〈시네마 천국〉입니다."

"우리 생각이 딱 맞을 때도 있네. 나도 그 영화를 다시 보고 싶은데. 정말 멋진 영화잖아."

"〈시네마 천국〉?"

무슨 말인지 모르겠다는 투로 내가 중얼거리자 아키나 씨가 놀란 표정으로 나를 쳐다보았다.

"그 영화 못 봤어?"

"네, 본 적이 없는 것 같아요. 제목은 어디서 들어본 것 같기도 하지만……."

"이런 세상에! 〈시네마 천국〉을 보지 못했다니 너무 안타까운 일입니다!"

로베르토 씨가 매우 아쉬운 표정으로 말했다. 도무지 믿을 수 없다는 말투였다.

"영화에 대한 사랑으로 가득한 훌륭한 작품이야. 영화사에 길이 남을 명장면도 있고."

아키나 씨도 로베르토 씨와 같은 생각이었는지 설명을 덧붙였다.

"영화사에 길이 남을 명장면이요?"

도대체 어떤 장면인지 짐작이 안 가서 두 사람의 대화를 따라갈 수가 없었다. 그러는 사이 두 사람은 신이 나서 여러 영화에 대한 이야기를 주고받았다.

"〈애스트로넛 파머〉에도 영화사에 남을 명장면이 있습니다."

"반지를 다시 찾는 그 장면 말이지? 진짜 너무 아름답더라. 그런데 〈애스트로넛 파머〉 하면 또 〈인터스텔라〉를 빼놓을 수 없잖아."

"〈인터스텔라〉도 다시 없을 명작이지요. 크리스토퍼 놀란 감독은 천재입니다."

"맞아, 맞아! 〈인터스텔라〉는 그야말로 영화사에 남을 명작이지. 물론 국내에도 훌륭한 영화가 많이 있기는 해. 오즈 야스지로 감독의 〈동경 이야기〉 같은 영화 말이야. 벌써 70년도 더 된 작품인데도 명작으로 꼽히는 영화잖아."

"〈동경 이야기〉……?"

도무지 이야기를 따라갈 수 없어서 영화 제목만 중얼

거렸더니 아키나 씨가 대뜸 내 말꼬리를 잡았다.

"당연히 그것도 못 봤겠지?"

"네, 아마도요……."

"그럼 그 〈동경 이야기〉를 모티브로 야마다 요지 감독이 리메이크한 〈동경가족〉도 못 봤어? 츠마부키가 나오는 영화인데."

"죄송해요."

"아니, 뭐 미안할 것까지는 없는데……. 그럼 〈악인〉이나 〈조제, 호랑이 그리고 물고기들〉같은 영화들도 못 봤겠네."

그런 영화들도 본 기억이 없다. 그 점에 대해 내가 이렇게 죄송스럽고 주눅이 드는 데에는 이유가 있었다.

"제가 영화관 스태프 자격이 없네요."

"일반적인 영화관이 아니니까 상관없을 거야. 하지만 좀 뜻밖이기는 하네. 왜 아키야마 씨는 오노다 군한테 스태프로 일하라고 했을까?"

아키나 씨는 그저 정말 순수하게 궁금한 마음에서 한 말인 듯했다.

"그러고 보니 신기합니다. 우리가 오노다 씨보다 먼저 여기 와서 더 오래 있었는데, 우리한테는 스태프가 되라는 말을 하지 않았습니다."

"아마 타이밍 때문에 그런 것 같아요. 전에 일하던 스태프가 없어진 무렵에 제가 여기 왔다든지, 하는 그런 거요."

"타이밍 문제라고? 하긴 그것도 중요하지."

"사랑은 필링feeling, 타이밍timing, 해프닝happening이라고 합니다."

"누가 지금 사랑 이야기를 한다고 그래?"

아키나 씨가 퉁명스럽게 쏘아붙이는 찰나에 카페 문이 열렸다.

본인 이야기가 나오자마자 등장하는 것을 보면 아키야마 씨도 양반은 아닌 모양이다.

"오노다 씨, 식사 중에 실례합니다. 새로운 필름이 도착했습니다. 즐거운 영화 일을 시작할 시간이 돌아온 겁니다."

거기까지는 지난번과 마찬가지였다. 그런데 그 뒤로

아키야마 씨의 입에서 전혀 다른 말이 이어졌다.

아키야마 씨가 이번에는 내가 아니라 카페 점원을 향해 말을 걸었다.

"너무 맛있는 냄새가 나서 도저히 유혹을 이길 방도가 없네요. 마침 여기 왔으니 저도 식사를 하고 가야겠습니다. 점장님, 나폴리탄 곱빼기로 하나 부탁드립니다."

그 말을 들은 로베르토 씨가 "그럼 곱빼기탄이네……" 하고 중얼거리는 바람에 옆에서 들은 아키나 씨가 웃음을 터뜨리고 말았다.

❈

새로 온 필름의 주인공은 스즈키 히로시라는 서른한 살 남성이었다. 자타공인, 아무 특징이 없는 게 특징이라 할 수 있는 타입이었다. 스즈키 씨 스스로도 "흔한 제 이름처럼 너무 평범한 사람이에요"라고 말할 정도였다.

나도 스즈키 씨와 말을 주고받은 적이 손에 꼽을 정

도였다. 애초에 스즈키 씨는 특별히 가깝게 지내는 사람이 아무도 없었다. 그렇다고 혼자 따로 노는 느낌이거나 남들이 회피하거나 하는 것도 아니었다. 무엇보다스즈키 씨 본인이 주위 사람들의 눈치를 살피는 것 같지 않았다.

언제나 혼자서도 굳건히 서 있는 듯한 그의 모습이내 눈에 좀 멋있게 보였다. 평범하다는 특징 아닌 특징을 가졌다는 의미에서는 친근감이 드는 부분도 있었다.

"제 인생을 보여주는 영화에 대한 미팅인 거죠? 다른분들이 같이 보셔도 전혀 상관은 없는데요. 다만 제 인생을 영화로 만든 거면 재미가 별로 없을 것 같아서요."

스즈키 씨가 맞은편에 앉은 나와 아키야마 씨에게 담담히 말했다. 자신의 인생 영화가 도착한 날인데도 평소와 다름없는 분위기였다.

"그렇지는 않을 겁니다. 어느 분의 인생이건 보는 사람의 마음을 움직이는 순간은 반드시 있게 마련이니까요. 저는 벌써 스즈키 님의 영화가 매우 기대됩니다."

"그런 말을 해 주는 사람은 아키야마 씨밖에 없을 거

예요. 아주 따분한 영화일 게 뻔하니까요. 왜냐하면 정말 아무런 굴곡도 없이 평범하기 짝이 없는 인생을 살았거든요."

아키야마 씨는 그 말에 고개를 약간 갸웃거리더니 문득 시선을 딴 데로 돌렸다. 갑자기 내 쪽을 바라본 것이다.

"열 명의 사람이 있으면 열 가지 인생이 있다고 할 정도로 사람마다 천차만별이라서 평범하기만 한 인생이라는 건 있을 수가 없는 법입니다. 오노다 씨도 그렇게 생각하지 않나요?"

"네? 저요?"

설마 나에게 갑자기 이런 질문을 던질 줄은 몰랐다. 사실 나도 특별히 이렇다 할 특징이 없는 평범한 사람이라는 점에서 스즈키 씨의 말에 공감하고 있던 참이라 질문에 대한 대답이 곧바로 나오지 않았다.

"그…… 그렇죠. 그야 사람에게는 저마다의 인생이 있을 테니까요."

말꼬리를 흐리며 더듬거리는 내 대답에 스즈키 씨가

픽 하고 웃더니 고개를 작게 끄덕였다. 대답한 내용보다 얼떨떨해하는 내 표정이 우스워서 그런 모양이었다.

"제가 너무 갑작스럽게 질문한 모양이네요. 자, 분위기도 바꿔 볼 겸 차 한 잔 어떠신가요? 스즈키 씨는 어떤 걸 드시겠어요? 어지간한 음료들은 다 갖춰놓고 있으니까 뭐든 말씀만 하시면 내드릴 수 있을 겁니다. 제가 성심껏 대접해 드리겠습니다."

아키야마 씨가 적절한 도움의 손길을 뻗어주었다. 뭐든 원하는 대로 내줄 수 있다는 말에는 거짓이 없을 것이다. 예전에 공예 차라는 생전 처음 보는 차까지 대접한 적이 있을 정도니까.

그런데 스즈키 씨는 고민해 볼 생각도 하지 않고 곧바로 툭 대답했다.

"커피면 돼요. 그냥 보통 커피요."

"보통 커피라……. 그럼 일단 원두를 갈아야겠네요. 기가 막힌 향기를 가진 맛있는 커피를 내드리도록 하죠."

스즈키 씨의 말을 들은 아키야마 씨가 그렇게 제안했

다. 손님 대접이 취미인 아키야마 씨가 실력 발휘를 할 수 있는 기회다. 커피도 상당히 좋은 원두를 쓸 작정으로 보였다. 그런데 스즈키 씨가 뜻밖의 말로 아키야마 씨를 가로막았다.

"에이, 그렇게까지 안 하셔도 돼요. 그냥 인스턴트 주세요. 저기 있잖아요."

스즈키 씨가 주방 구석에 놓인 인스턴트커피를 가리켰다. 아키야마 씨가 저 인스턴트커피를 타는 모습은 한 번도 본 적이 없었다. 내가 일일이 드립 커피를 내리기 귀찮을 때나 가끔 타서 마시는 정도였다.

"원두를 갈아서 내려도 시간이 많이 걸리지는 않습니다. 커피는 마시는 즐거움도 있지만 내리는 즐거움도 있으니 걱정하지 않으셔도 됩니다."

"괜찮아요. 그래도 신경 써 주셔서 감사합니다."

스즈키 씨는 거절하는 뜻으로 괜찮다는 말을 썼다. 아키야마 씨도 이렇게까지 사양하는데 굳이 원두를 갈아서 커피를 내리는 건 무의미하다는 생각이 들어서인지 생각을 바꾼 듯, 스즈키 씨의 말에 동의했다.

"잘 알겠습니다. 이 일로 더 말씀드릴 필요는 없겠네요. 바로 준비해 드리겠습니다."

그리고는 재빨리 행동으로 옮겼다. 인스턴트커피 가루를 찻잔에 넣고, 뜨거운 물을 부어 바로 스즈키 씨에게 내주었다. 누구나 할 수 있는 일인데도 아키야마 씨가 하면 어딘지 퍼포먼스를 보는 느낌이 든다는 점이 신기했다. 스즈키 씨는 전혀 신경이 쓰이지 않는 듯 무덤덤해 보였지만 말이다.

"고맙습니다."

스즈키 씨는 무심히 인사한 다음 커피를 한 모금 마셨다. 아키야마 씨도 다음 이야기를 꺼냈다.

"자, 그럼 스즈키 씨가 생전에 살아온 이야기를 들려주실 수 있을까요?"

오늘의 주제다.

그 말을 듣고도 스즈키 씨의 표정에는 아무런 변화가 없었다.

"그것도 별로 할 이야기가 없을 것 같은데요. 그리고 굳이 이 자리에서 생전 이야기를 할 의미가 있나요?"

"명확한 의미가 있냐고 물으신다면 그렇다고는 할 수 없을지도 모릅니다. 하지만 생전 이야기를 하다 보면 자신이 몰랐던 감정을 알아차리게 되거나 영화를 보기 전의 마음가짐을 생각할 계기가 된다는 점은 확실합니다. 그리고 이런 이야기를 해 두지 않으면 상영 방식이나 규모를 제대로 파악하기 힘든 부분도 있습니다."

"그렇군요. 그런 거라면 이런 자리가 필요하기는 하겠네요."

아키야마 씨의 설명을 듣고 스즈키 씨도 어느 정도 납득이 되었는지 자신이 살아온 이야기를 시작했다.

"저는 별다른 문제가 없는 평범한 집에서 태어나, 대학에 진학하고, 회사에 취직해서, 평범한 생활을 보내는 그런 흔한 인생을 살았어요."

끝인가 싶었는데 스즈키 씨가 말을 이어갔다.

"그래도 평범하지 않았던 점이라면 제 마지막이겠네요. 등산이 취미였거든요. 언제나 제 페이스로 다녔고, 게다가 혼자 다니는 걸 좋아했지요. 결국 그것 때문에 산에서 미끄러져서 떨어져 죽어버린 걸 보면 좀 웃기기는 하네요. 그러니까 제 죽음 자체가 처음이자 마지막으로 영화처럼 극적인 일이었다는 생각이 듭니다."

스즈키 씨가 이렇게 길게 이야기하는 모습은 처음 봤다. 지금까지 한 번도 자기가 죽는 순간에 대해 이야기한 적이 없었던 모양이다. 한마디 한마디에 감정이 진하게 담겨 있는 것처럼 보였다.

앞에 앉은 아키야마 씨가 고개를 작게 끄덕이며 스즈키 씨의 말에 맞장구를 쳤다.

"산은 좋지요. 저도 바다보다는 산을 더 좋아하는 것 같습니다. 뭐라고 할까, 산에는 이야기가 있는 느낌이 들지요."

"역시 그랬군요. 아키야마 씨는 그렇지 않을까 하고 생각했거든요."

스즈키 씨의 말에 아키야마 씨가 뜻밖이라는 얼굴로 물었다.

"산을 좋아하는 사람끼리는 뭔가 통하는 게 있습니까?"

"그게 아니라 아키야마秋山 씨 이름에 '산山'이 들어가 있잖아요."

한순간 침묵이 흘렀다. 아키야마 씨도 나도 반응이 늦었다. 스즈키 씨가 그런 농담을 하리라고는 상상도 못했기 때문이다. 그런데 오히려 그 의외성 때문에 웃음이 터졌다.

"하하하, 그렇군요. 그러고 보니 스즈키 님 말씀대로 제 이름에 산이 들어가 있어서 친근감이 있을지도 모르겠네요."

"역시 그게 맞았군요. 그런데 저는 제 이름 스즈키鈴木에 나무木가 있어도 나무에 대한 친근감이 생기지는 않던데."

스즈키 씨가 진지한 표정으로 말을 계속하는 바람에 또 웃음이 터져 나오려 했다. 하지만 막상 스즈키 씨 본인은 아주 진지한 말을 하는 사람처럼 변함없는 표정이었다.

"스즈키 씨는 산에서 돌아가셨군요."

이야기를 들은 내가 나직이 중얼거리자 스즈키 씨는 여전히 표정을 바꾸지 않고 말했다.

"네. 하지만 서른한 살이라는 비교적 젊은 나이에 죽었어도 후회 같은 건 거의 없었습니다. 앞으로의 인생에 별로 기대하는 바가 없어서 그런지도 모르죠."

그 말에 지금까지 보여주지 않았던 감정이 담겨 있는 것처럼 느껴졌다. 저 무심한 표정 이면에는 어떤 감정이 숨겨져 있을까? 기대하는 바가 없었던 인생이란 도대체 어떤 걸까?

스즈키 씨는 찻잔에 남은 커피를 한 모금 더 마시더니 말했다.

"이 커피도 인스턴트라는 걸 알면 기대도 하지 않고, 평범한 맛이면 된다고 생각하잖아요. 산미 같은 자극은 거의 없고, 약간 씁쓸하고, 향기도 거의 느껴지지 않는 그냥 평범한 커피……."

스즈키 씨는 컵을 응시한 채 혼잣말처럼 계속 말했다.

"……꼭 제 인생 같네요."

미팅을 마친 그날 밤. 생각지도 못한 일이 벌어졌다.

"우롱차 하나요."

"그럼 저도 같은 걸로."

스즈키 씨와 나, 둘이서 천국 카페에 마주 앉아있었다. 이런 상황이 된 데에는 당연히 이유가 있었다.

"오늘 미팅에서는 스즈키 님이 속을 터놓고 솔직하게 이야기하지 못한 느낌이 듭니다. 그래서 오노다 씨가 힘을 좀 써 주셔야 할 것 같네요."

미팅이 끝난 뒤에 아키야마 씨가 나에게 그렇게 말했다. 그리고는 오늘 중으로 스즈키 씨와 이야기하는 자리를 마련하라는 지시도 내렸다.

이 또한 다른 사람의 인생을 깊이 알아가는 작업의 하나가 될 것이다. 아키야마 씨가 나를 위해 지시했다는 사실을 알기에 순순히 따르기로 했다. 그런데 내 제안에 스즈키 씨가 흔쾌히 응해준 것은 좀 뜻밖이었다.

"술은 못 드시나요?"

내가 그렇게 물은 이유는 밤이 되면 천국 카페에서 주류도 주문할 수 있기 때문이다. 아키나 씨는 여기서 술을 자주 마신다고 했다. 내 질문에 스즈키 씨는 고개를 작게 가로저으며 대답했다.

"전혀 못 마시는 건 아니에요. 그런데 별로 좋아하는 편은 아니고요. 그러니까 혼자 있으면서 술 생각이 나는 건 아주 기분 좋은 일이 있을 때 정도죠."

"기분이 좋을 때 마신다는 거죠? 기분이 좋아지려고 마시는 게 아니라."

"술 마신다고 기분이 막 좋아지고 그러는 편이 아니라서요. 그냥 보통 때랑 똑같아요."

"아아~, 그 점은 저도 마찬가지예요. 예전에 여기서 마셨을 때도 그랬으니까."

뜻하지 않은 공통점을 발견하면서 나도 모르게 친근감이 생겨났다. 미팅 때도 그런 생각을 했는데 아무래도 나는 이 사람하고 비슷하다는 느낌이 자꾸 들었다.

이번에는 스즈키 씨가 먼저 질문했다.

"미팅 뒤에 왜 저한테 밖에서 보자고 했어요?"

"그건⋯⋯."

사실을 말하자면 아키야마 씨에게 그런 지시를 받았기 때문이다. 다른 사람의 인생에 대해 깊이 알아가야 할 필요가 있으니까.

하지만 솔직히 말하자면 그 이유만은 아니라는 생각이 들었다. 나 스스로도 스즈키 씨와 좀 더 이야기해 보고 싶었다. 나와 비슷한 느낌이 드는 사람에 대해 순수하게 흥미를 느껴서였을 것이다.

"이런 말을 하면 어떻게 들릴지 모르지만 스즈키 씨랑 비슷하다고 생각하는 부분이 저에게도 있거든요⋯⋯. 천국에서는 저랑 비슷한 사람을 거의 본 적이 없어서, 그런 느낌을 주는 스즈키 씨와 좀 더 이야기해 보고 싶었어요."

"그렇군요. 역시 저랑 같은 이유였네요."

"네?"

"제가 오노다 씨와 이야기해 보고 싶었던 이유도 바로 그거라서요."

스즈키 씨는 점원이 내준 우롱차를 한 모금 마시고는

이야기를 계속했다.

"저도 지금껏 이 천국에서 나랑 비슷한 사람을 본 적이 없어서 좀 더 이야기해 보고 싶었어요. 물론 오노다 씨는 저보다는 더 많은 사람들하고 접해봤겠지만."

"아니요, 그것도 우연히 천국 영화관 스태프로 일하다 보니 그런 거라서······."

"같은 직장에서 일한다고 해서 동료들이나 관계자들하고 반드시 친해지는 건 아니에요. 어쨌든 우리 둘 다 서로 비슷하다고 느꼈다면 우리가 천국에 오기 전에 현실 세계에서 살아온 인생이 비슷해서 그런지도 모르겠네요."

스즈키 씨가 다시 우롱차를 마시며 말했다.

"살아온 인생이 비슷해서요?"

"네. 사람이 나이가 들면 그때까지의 인생 경험이나 살아온 방식이 얼굴에 드러난다고 하는데, 맞는 말이라고 생각해요. 많이 웃고, 온화하게 살아온 사람은 부드러운 얼굴이 되고, 걸핏하면 쌍심지를 켜고 화를 많이 내며 살았던 사람은 험악한 얼굴이 되지요. 천국에는 부드러운 얼굴이 훨씬 많은 것 같지만요. 뭐, 그런 것도 포함해서, 과거의 모든 일들이 현재의 자신을 만든다는 것은 틀림없다고 생각합니다. 다 끝난 다음에야 알게 되었지만요."

'다 끝났다'는 말은 자기가 죽었음을 뜻하는 모양이다. 그런데도 어딘지 남의 이야기를 하듯이 덤덤하게 들린다는 점이 신기했다.

"무슨 말인지 알 것 같아요. 아주 잘······."

생전에 대한 기억을 거의 잃어버린 나이기에 그 말이 더 깊은 울림을 주었다. 현재를 잘 살펴보는 것으로 과거를 상기할 수 있지 않을까 하는 바람이 있다. 천국에 있는 동안에 언젠가는 나도 기억을 되찾아야 한다.

"아까 술에 관한 이야기를 하셨는데, 그거랑 관련해서 스즈키 씨의 생전 이야기를 물어봐도 될까요?"

내 질문에 약간 의외라는 표정을 짓더니 스즈키 씨가 "그러세요" 하고 말했다.

"기분이 좋을 때 술을 마신다고 하셨는데 스즈키 씨가 기분이 좋을 때는 언제였나요? 혹시 그런 때에 대한 추억이 있나요?"

"기분 좋게 술을 마셨을 때의 추억이라……."

스즈키 씨는 잠시 곰곰이 기억을 떠올리는 듯했다.

그러더니 조금 있다가 고개를 들었다.

"있기는 한데 별로 특별하지는 않아요. 적어도 남한테 이렇다 하고 들려줄 만한 이야깃거리는 아닌데요."

"바로 그런 이야기를 듣고 싶거든요."

"아니, 그게 정말 말로 설명하기도 애매하고, 진짜로 너무 사소한 일이라서요. 뭔가 좀 더 큰 장소에서 그런 추억이 있었으면 멋진 일이었을 수도 있었겠지만."

"장소가 어디든 무슨 상관이 있겠어요. 예를 들어 오늘 이 자리에서 술을 마셔보는 것만으로도 뭔가 다른 게 느껴질 수도 있는 거고요."

"그러네요. 너무 늦어졌지만 그런 기분으로 이 가게에 왔으면 좋았을지도 모르겠네요."

"두 번째 주문을 술로 해도 되니까 너무 늦은 건 아니죠."

그렇게 말하며 주류 메뉴를 스즈키 씨에게 내밀었다.

스즈키 씨는 잠시 망설이는 표정이더니 작게 끄덕이면서 말했다.

"그럼 맥주로 한 잔 주세요."

"저도 같은 걸로요."

이번에는 머뭇거리지 않고 똑바로 말할 수 있었다. 점장은 부드럽게 미소 짓더니 서버에서 맥주 두 잔을 재빠르게 따라 우리 테이블에 올려놓았다.

"건배!"

이날 있었던 일들이 스즈키 씨의 인생에 뭔가 큰 의미를 가져다주지는 않겠지만, 그래도 지금 이 상황이 나쁘지 않다는 건 틀림없었다.

"천국에서 술 마시는 건 처음이네요."

맥주 한 모금을 마신 스즈키 씨가 그렇게 말한 것을 보니 나와 비슷한 기분을 느끼는구나, 하는 생각이 들었다.

＊

다음날.

스즈키 씨의 인생 영화를 상영하는 날이 되었다. 적
지 않은 관람객이 영화관을 찾았다. 하지만 지난번 기
쿠 할머니의 영화 때보다 한산한 것은 확실했다. 애초
에 스즈키 씨가 천국에서 알고 지낸 사람이 많지 않았
기 때문이기도 했다. 아는 사이는 아니지만, 그냥 영화
자체를 좋아해서 온 사람도 몇몇 있는 모양이었다.

적절한 타이밍을 살피던 아키야마 씨가 입을 열었다.

"여러분, 이렇게 모여주셔서 감사합니다. 이제부터
스즈키 히로시 님의 인생을 담은 영화가 시작됩니다.
영화관 안에서는 언제나처럼 매너와 규칙을 지키면서
영화를 감상해 주시기 바랍니다. 그리고 때로는 스크린
속 주인공의 인생에 자신의 인생을 겹치면서 보시는 것
도 좋은 방법입니다. 영화는 그런 게 가능한 매체이니
까요. 자, 그럼 천국 영화관이 상영하는 오늘의 영화를
시작합니다!"

평소보다 간결했고, 웃음 포인트도 많지 않았다. 아키야마 씨는 상영하는 영화 내용에 따라 그때그때 인사말을 바꾸기 때문이다. 아키야마 씨의 이번 인사말은 스즈키 씨라는 영화 주인공의 성격과 딱 맞다는 생각이 들었다.

이런 점만 봐도 역시 천국 영화관 지배인답다. 나에게 그런 기회가 올 리는 없지만, 만약 기회가 생긴다해도 저 인사말만큼은 절대 흉내 낼 수 없을 것이다. 아키야마 씨만의 특기인 것이다.

그런 생각을 하는 사이에 주변 조명이 점차 어두워졌다. 영상이 나오면서 극장 안에서는 눈앞에 있는 스크린만 빛을 내고 있었다.

그리고 그 스크린에 바로 스즈키 씨의 인생이 영화가 되어 흐르기 시작했다.

스즈키 씨의 인생을 다룬 영화는 말 그대로 좋은 의미에서도 나쁜 의미에서도 파란이 없는 잔잔한 수면 같았다.

미팅 때 말했던 대로 일반적인 가정에서 태어나, 학생 때도 문제를 일으키는 일 없이 대학까지 나왔다. 영화는 그런 성장을 단편적으로 보여주면서 빠르게 흘러갔다. 대학 졸업 후에는 곧바로 소매업을 하는 회사에 취직했다. 인간관계는 역시나 메마른 편이었던 모양이다. 회사 사람들과도 최소한의 관계를 가졌던 스즈키 씨는 회식 때조차 누군가와 떠드는 장면이 거의 없었다. 2차도 안 가고 혼자만 빠져나와 전철을 타고 집으로 돌아가는 장면이 여러 번 나왔다.

지바행 소부 쾌속 전철.
긴시초 역에서 늘어난 사람들 틈에 서 있는 스즈키 씨.
다음 날 도쿄행 소부선 쾌속 전철을 타고 사람들 틈에서 출근하는 스즈키 씨.
그렇게 집과 회사를 왕복하는 장면이 계속된다.
전혀 바뀌지 않는 장면이 몇 번이고 되풀이되었다.
이대로 집과 회사를 왕복하는 장면만 나오다가 영화가 끝나 버리나 싶었다. 아마 아키야마 씨도, 그리고 다른 관객들도 그렇게 생각했을 것이다.

그런데 거기서 상상하지 못했던 장면이 나왔다. 스즈키 씨도 미팅 때 이야기하지 않았던 장면이었다.

어느 날 아침의 출근 광경이었다.

스즈키 씨는 집에서 제일 가까운 전철역인 지바 역 플랫폼에서 도쿄행 전철을 기다리고 있었다. 그런데 그날 스즈키 씨는 무슨 생각이 들었는지 출근할 때 늘 타던 도쿄행 전철이 왔는데도 타지 않았다. 그 전철을 그대로 보내더니 이번에는 반대편 승강장으로 갔다. 그리고는 회사와 정반대 방향인 미나미보소 방면으로 가는 전철에 올라탔다.

도쿄행과는 딴판으로 전철 안은 매우 한산했다. 널따란 빈자리에 스즈키 씨가 편하게 앉았다. 그리고는 핸드폰을 꺼내 보거나 졸지도 않고, 멍하니 창문 밖을 흐르는 풍경을 바라보았다.

그로부터 한참 동안 전철을 타고 가던 스즈키 씨가 내린 곳은 소토보선 종점역 중의 하나인 가즈사이치노미야 역이었다. 역에서 십여 분을 죽 걸어가자 태평양이 눈앞에 펼쳐졌다.

하얀 백사장에는 양복 차림의 스즈키 씨 한 사람뿐이었다.

스즈키 씨는 바다를 멍하니 바라보았다.

그렇게 시간이 잠시 흐르더니 이번에는 스즈키 씨가역 매점에서 산 캔맥주를 가방에서 꺼냈다. 바다를 바라보면서 스즈키 씨가 캔 고리에 손가락을 걸었다. 파도 소리에 지지 않을 만큼 크게 '치익!' 하는 경쾌한 소리가 울렸다.

스즈키 씨가 맥주를 꿀꺽꿀꺽 마셨다. 그리고는 이천국에서도 본 적이 없는 속 시원한 미소를 지었다.

평온한 얼굴이었다. 드넓은 태평양에도 지지 않을 만큼 느긋하고 평안한 표정이었다.

그냥 그뿐이었다.

거기서 운명적인 만남이 있었다거나, 회사를 그만두고 인생 역전을 했다거나, 그런 극적인 일은 벌어지지않았다.

그저 그날 하루 회사를 쉬고 바다를 보러 간 것만으

로 그 에피소드는 끝났다.

그리고 영화 속의 스즈키 씨는 다음날부터 또다시 당연한 듯이 회사에 출퇴근했다.

아마 그래서, 스즈키 씨 자신에게도 너무 사소한 일이어서, 우리에게 이야기하지 않았던 모양이다.

집과 회사를 왕복하는 일상이 또다시 시작되었다.

그러다가 스즈키 씨는 서른한 살의 생애를 마치게 되었다.

극장 안에 불이 켜졌다.

관객들의 박수 소리는 예전의 기쿠 할머니 때보다 적은 느낌이었다. 영화의 길이 자체도 짧은 편이었던 것 같다. 그런 관객들의 분위기를 민감하게 알아차렸는지 스즈키 씨가 입을 열었다.

"거봐요. 별다른 이야기가 없잖아요. 영화로 만들만한 게 아니었다니까요. 평범한 사람의 인생이라는 게 원래 이런 거죠. 영화나 드라마 같은 일은 아무것도 일어나지 않으니까요."

"아니, 그렇지는 않은데……."

그렇게 위로하려는 나를 가로막듯이 스즈키 씨가 말을 이어갔다.

"괜찮아요, 너무 신경 쓰지 마세요. 후회할 것도 없으니까요. 이걸로 충분합니다. 영화처럼 멋진 스토리가 있는 인생 같은 건 기대하지도 않았어요."

하지만 그렇게 말하는 스즈키 씨의 표정이 어딘지 쓸쓸해 보였다. 허세를 부리는 것은 아니지만 그렇다고 진심이라고 볼 수도 없는 말. 나는 어떤 말을 해 줘야 할지 몰랐다. 왜냐하면 틀림없이 나도 스즈키 씨와 비슷한 인생을 살아왔으리라 짐작이 되었기 때문이다.

사실 따지고 보면 많은 사람들이 그렇지 않을까 싶었다. 모든 사람이 다 영화처럼 극적인 인생을 살았을 리가 없다. 모든 사람에게 칭송을 받을 만큼 훌륭한 스토리가 있는 인생을 살 수 있다면 물론 좋겠지만 대개 위대한 공적을 남기거나, 누군가를 구하거나, 대단한 사랑을 하거나, 그런 일은 거의 일어나지 않는다. 대부분의 사람들은 그런 극적인 일을 겪지 않은 채 인생을 끝마치게 된다.

그런 사실을 지금 이렇게 영상으로 직시하게 되었을 뿐이다. 그래서 더욱 무슨 말을 어떻게 해 줘야 할지 몰랐던 것이다.

그런데 바로 그때 아키야마 씨가 다가와서 말했다.

"좋은 영화는 줄거리가 기억에 남거나 전해지는 게 아니라고 생각합니다."

"네?"

그 말에 스즈키 씨가 깜짝 놀랐다. 나도 그 말이 무슨 뜻인지 바로 알아들을 수가 없었다. 아키야마 씨가 설명하기 시작했다.

"명작이라고 불리는 영화가 참 많이 있는데, 저는 그 영화들을 스토리로 기억하는 경우가 거의 없습니다. 머릿속에 떠오르는 것은 그 영화의 명장면입니다. 지금도 선명하게 뇌리에 새겨져 있어서 눈을 감으면 저절로 떠오르지요."

"명장면이요……."

"네. 스토리가 도무지 이해되지 않을 정도로 난해하

거나 변화가 없어서 따분하게 느껴지는 영화라 해도 그 안에 인상적인 장면 하나쯤은 반드시 있게 마련입니다. 저는 그런 인상적인 한 장면이 마음속에 새겨져서 나중에도 떠오르는 영화를 아주 좋아합니다."

"그렇지만 제 인생에 그렇게 명장면이라고 부를 만한 인상적인 장면 같은 건⋯⋯."

스즈키 씨가 하는 말을 듣고 나도 모르게 그 자리에서 벌떡 일어섰다. 스토리보다 명장면이 더 중요하다는 이야기를 들으며 자신 있게 할 수 있는 말이 딱 한 가지 떠올랐던 것이다. 스즈키 씨의 영화를 집중해서 보기도 했고, 무엇보다도 천국 카페에서 했던 대화가 생각났기 때문이다.

"그런 장면, 있었어요! 모래사장에서 맥주 마시던 장면, 정말 좋았어요! 스즈키 씨가 전에 말하려던, 기분 좋게 술을 마셨던 추억이라는 게 그거죠?"

"네, 맞아요. 전에 말씀드리려던 추억이 바다에 갔을 때가 맞기는 한데⋯⋯."

"역시 그랬군요. 정말 멋진 장면이라고 생각합니다.

스즈키 씨가 회사 반대쪽으로 가는 전철을 탄 부분이 무척 비일상적인 분위기이고 뭔가 자유로운 여행을 시작한 것 같아서 그 하루 자체가 특별한 느낌으로 다가왔어요."

"자유로운 여행이라니……. 그런 게 아니라 그냥 딱 하루만, 갑자기 회사 가기가 너무 싫어져서 그렇게 한 것뿐인데……."

"그 점이 좋았던 거예요! 그때까지 계속 성실하게 규칙적인 생활을 하던 스즈키 씨의 심경에 일어난 변화를 그대로 그려내고 있어서 그 부분이 정말 영화 같았던 거죠."

내 말을 이어받듯이 입을 연 사람은 바로 옆에 앉아 있던 아키나 씨였다.

"내 생각도 마찬가지야. 전철에서 내려 모래사장까지 걸어가는 부분이 뭔가 새로운 모험을 시작하려는 느낌이었으니까. 가즈사이치노미야는 나도 가본 적이 없는데 참 아름다운 곳이라고 생각했어. 그런 면에서 아주 멋진 영화라고 생각해."

이번에는 로베르토 씨가 끼어들었다.

"저도 맥주 마시는 장면이 좋았습니다. 양복과 모래 사장과 맥주. 서로 어울리지 않으면서도 완벽한 조합이었습니다."

거기다 야마토 군까지 가세했다.

"맞아, 그 장면은 맥주 광고 같았어! 나도 맥주 마셔 보고 싶다는 생각이 들 정도였다니까!"

"여러분……."

스즈키 씨가 말을 잇지 못했다. 이런 말을 들을 줄은 꿈에도 생각지 못했던 모양이다. 전에 없이 감격하고 있는 듯했다. 이런 스즈키 씨의 모습을 보는 것은 처음이었다.

나 또한 신기한 감정에 사로잡혔다. 지금까지 느껴본 적이 없는 감정이었다. 아주 조금 남아있는 생전의 기억을 떠올려 보면 나는 영화를 볼 때 스토리만 따라가느라 급급했던 것 같다. 그러다 그 스토리가 지루하거나 하면 그 영화 자체를 재미없다고 단정 지었는지도 모른다.

그런데 아키야마 씨의 말을 듣고 나서 전혀 다른 관점으로 영화를 보는 방법을 찾은 느낌이 들었다.

스토리가 아니라 장면.

그렇다면 분명 나도 발견할 수 있을 것이다.

그게 영화를 더 재미있게 만드는 방법일 것이다.

그리고 인생도 더욱 즐길 수 있을 것이다.

"스즈키 씨, 그 장면은 정말 멋진 명장면이었습니다."

아키야마 씨가 확신을 주듯이 부드럽게 말했다. 그리고는 스즈키 씨의 눈을 똑바로 바라보며 말을 이어갔다.

"스즈키 씨의 인생은 블록버스터처럼 극적이거나 드라마틱하지 않았을지도 모릅니다. 그렇지만 나중에까지 기억될만한 멋진 장면이 있는 좋은 인생 영화였다고 생각합니다."

"제 인생이…… 좋은 인생 영화라고요?"

"네. 그런 명장면이 하나라도 있었으면 그것만으로도 좋은 인생이라고 부를 수 있지 않을까요?"

잠시 말을 끊고 침묵하던 아키야마 씨가 찬사를 보내

듯이 다시 입을 열었다.

"원래 좋은 영화는 그런 거니까요."

"아키야마 씨……."

그 말을 들은 스즈키 씨의 마음속에 어떤 감정이 오 갔을까? 물론 블록버스터의 마지막 장면처럼 눈물이 왈 칵 쏟아지는 극적인 감정 변화는 아니었을지도 모른다.

하지만 아키야마 씨의 말만으로도 스즈키 씨의 마음 속에는 뭔가 감정적인 변화가 생겼을 것이다.

그리고 그건 좋은 변화였을 것이다.

스즈키 씨는 지금까지의 일을 돌이켜보듯이 나지막 이 중얼거렸다.

"그렇다면 제 인생도 그렇게 나쁘지는 않았던 모양이 네요. ……줄곧 평범하다고만 생각했는데, 명장면이 하 나라도 있었으니 말이죠."

스즈키 씨가 부드러운 말투로 말을 이어 나갔다.

"오노다 씨, 그때 천국 카페에서 같이 마셨던 맥주도 아주 맛있었어요."

"스즈키 씨……."

그런 다음 스즈키 씨는 조금 아쉬운 듯 웃으며 말했다.

"미팅 때 아키야마 씨가 내려주신다던 핸드드립 커피를 마지막으로 부탁해서 제대로 마셔볼 걸 그랬네요."

그렇게 말하는 스즈키 씨의 표정은 영화 속에서 바다를 바라보던 장면처럼 무척 온화해 보였다.

극장을 나가는 스즈키 씨의 마지막을 배웅한 후, 남은 사람은 아키야마 씨와 나뿐이었다. 극장 안을 청소해야 했기 때문이다.

하지만 우리는 작업을 바로 시작하지 않고 객석에 가만히 앉아 있었다.

"오노다 씨는 시칠리아가 배경으로 나오는 〈바리아〉라는 영화를 아십니까?"

아키야마 씨가 눈앞의 스크린에 시선을 고정한 채 내게 질문했다.

"바리아……. 아니요, 모르는데요. 하지만 시칠리아는

이탈리아에 있는 섬 이름 아닌가요? 이상하게 그것만은 알고 있어서……."

나 자신도 신기했지만 확실히 알고 있었다. 공부해서 외웠다든가 한 건 아니었다. 그냥 기억에 남은 이름이었다. 이유는 모르겠지만…….

"그런 걸 기억하고 계셨네요. 〈바리아〉는 이탈리아 감독의 영화라서 로베르토 씨는 알고 있을지도 모릅니다. 그 영화 안에 저에게 아주 인상 깊게 남은 장면이 있지요."

"인상 깊게 남은 장면이면, 명장면이라는 뜻인가요?"

내가 그 영화를 본 적이 있어서 섬 이름을 기억하는 게 아니라는 점은 확실했다. 그냥 우연히 기억나는 것일 수도 있다. 그래서 나는 아키야마 씨가 하는 말에 애매한 표정을 지은 채 고개를 끄덕였다.

"글쎄요. 사람에 따라서는 전혀 기억나지 않을 만큼 사소한 장면일 수도 있습니다. 아마 일반적인 명장면과는 다르겠지요. 다만 저에게는 특별하게 느껴지는 장면이었습니다."

그렇게 말한 아키야마 씨는 인상에 남았다던 장면을 설명하기 시작했다.

"영화 주인공의 가족은 가난하게 살고 있습니다. 그러던 어느 무더운 날, 에어컨이 고장나 버리지요. 그래서 가족 모두가 차가운 부엌 바닥에 누워서 이야기를 나누는 장면이 있습니다."

"부엌 바닥에 눕는다고요?"

"네, 그저 그뿐인 별것 없는 장면입니다. 그런데도 저는 그 별것 아닌 장면을 아주 선명하게 기억하고 있습니다. 한참 전에 본 영화라 스토리 자체는 가물가물한데도 말이죠. 저 자신도 이유를 모르겠지만 신기하리만치 그 장면만 머릿속에 남아있는 겁니다."

나는 그 영화를 전혀 모른다. 그리고 솔직히 말하자면 아키야마 씨가 해 준 이야기를 들어도 굳이 보고 싶다는 생각은 들지 않았다. 하지만 실제로 영상을 보면 또 느낌이 다를지 모른다.

아니면 이런 건 사람마다 다 다른 것일까? 다른 사람은 전혀 신경도 쓰지 않은 장면에 자기 혼자만 마음이 움직여서 기억에 뚜렷이 남는 경우 말이다.

어쩌면 그 장면에 자신의 과거나 자기 인생을 겹쳐봐서 그런지도 모른다.

나에게는 스즈키 씨의 영화 속에서 전철을 타고 바다로 향하는 장면이 그랬다. 그 장면이 이상하게 마음에 와 닿았던 것이다.

"그 영화 속 장면에 대한 기억이 있어서 스즈키 씨에게 그런 말씀을 하실 수 있었던 거군요."

내가 그렇게 말하자 아키야마 씨는 작게 고개를 끄덕였다.

"네, 그럴 겁니다. 그리고 진짜로 이런 생각이 들기도 했습니다. 흔히 말하는 시시한 영화라는 건 하나도 없지 않을까, 라고요. 어떤 영화라도 한 작품 중에는 반드시 그런 장면이 있으니까요."

아키야마 씨의 말에 나는 고개를 크게 끄덕였다.

"정말 그런 것 같아요. 스즈키 씨의 영화에도 인상에 남는 장면이 있었어요."

"네, 그랬지요."

"갑자기 〈바리아〉라는 영화를 보고 싶다는 생각이 드네요. 〈시네마 천국〉이라는 영화도 이탈리아 감독이 만들었다고 하는데, 로베르토 씨랑 아키야마 씨가 강력하게 권하더라고요."

그 말을 들은 아키야마 씨가 검지를 세우더니 말했다.

"흥미로운 점은 말입니다, 제가 말한 〈바리아〉와 〈시네마 천국〉 모두 똑같은 쥬세페 토르나토레라는 이탈리아 감독의 작품이라는 사실이지요."

"네?"

전혀 몰랐다. 아니, 알 턱이 없었다. 그 유명하다는 〈시네마 천국〉도 본 적이 없으니 말이다. 그런데 그 두 영화가 같은 감독 작품이었다니……. 내가 시칠리아라는 이탈리아 섬을 기억하는 게 그런 이유에서였을까? 아니지, 〈시네마 천국〉 자체를 본 적이 없을 테니까 그럴 리가 없는데…….

"그 감독의 작품 중에서 제일 유명한 영화는 물론 〈시네마 천국〉입니다. 많은 사람들이 그 영화를 훨씬 더 좋아하지요. 극장 개봉판과 오리지널 감독판 등 다양한 버

전으로 나오기도 했고요. 저도 작품 자체로 보자면 〈시네마 천국〉이 더 좋습니다. 다만 〈바리아〉의 그 장면만큼은 이상할 정도로 기억에 남아있다는 거지요."

"그렇군요. 그 말씀을 들으니 둘 다 보고 싶어졌어요."

"네. 그럴 기회가 있으면 양쪽 다 보세요."

나도 아키야마 씨처럼 〈바리아〉의 그 장면을 좋아하게 되면 좋겠다고 생각하지만 그렇지 않을 수도 있다.

아키야마 씨의 말이 맞는다면 사람마다 마음에 감명을 받는 장면이 제각기 다를 수 있기 때문이다.

"자, 이제 극장 청소를 시작해 볼까요. 다음 영화가 또 언제 올지 모르니까 반짝반짝 깨끗하게 잘 닦아놓도록 합시다. 이곳은 관객을 대접하는 소중한 장소이기도 하니까요."

아키야마 씨가 자리에서 일어서는 것을 보고 나도 같이 일어났다.

현실 세계의 영화관에서 긴 영화를 본 다음 느끼는 뿌듯한 만족감으로 가슴이 꽉 차 있었다.

다만 새하얀 스크린을 바라보며 내가 살아온 인생과

그 장면들을 담은 영화를 문득 상상해 보았다.

내 인생에도 누군가의 마음에 남을 만한 명장면이 있었을까?

어쩌면 시칠리아라는 이탈리아의 섬 이름을 기억하는 이유가 그곳에 간 적이 있어서인지도 모른다.

그런 적이 있다면 나에게는 틀림없이 특별한 장면으로 남았을 것이다.

그런데도 시칠리아의 풍경에 대한 기억이 머릿속에 전혀 남아 있지 않은 것은 조금 아쉽다는 생각이 들었다.

내 어머니의
연대기

THEATER IN
HEAVEN

"자, 홈런 한 방 가자~!"

"여기까지 날려주세요, 야마토 군!"

언덕 위에서 벌어진 야구 게임에서 나는 투수, 야마토 군은 타자를 맡았다. 야마토 군의 뒤로는 포수인 로베르토 씨가 지키고 서 있었다. 달랑 셋뿐이라 사실 야구라기 보다는 그냥 타격 연습이나 다름없었다. 조금 전까지는 야마토 군이 투수였다. 그러다 포지션을 바꾼 것이다. 야마토 군은 어느 포지션에서 플레이하건 무척 즐거워 보였다. 그저 뛰어다니는 것만으로도 행복한 모양이다.

"덤벼라, 후배!"

"좋아, 간다~!"

야마토 군은 언제부터인가 나를 신입이 아니라 후배라고 부르게 되었다. 한참 나이가 어린 야마토 군한테 후배 소리를 듣는 게 나름 기분이 괜찮았다. 이 천국에서 야마토 군이 선배인 것은 틀림없으니까.

따악!

내가 던진 공이 야구방망이 한가운데에 맞았다. 공은 높이 솟아올라 로베르토 씨 머리 위로 날아갔다.

"홈런~! 야마토 선수, 엄청난 만루 홈런으로 역전승을 거두었습니다!"

언제 2이닝을 빼앗기고 최종회에다 만루로 주자들이 가득 차 있게 되었는지는 모르지만, 주위를 빙 돌아 달려온 야마토 군이 큰 소리로 그렇게 선언했다.

어쨌든 이쯤 해서 마치는 게 딱 좋은 정도의 시간이 지난 참이었다. 보람찬 피로감을 느꼈다. 휴식을 취할 겸 이대로 언덕 위에서 저녁 해가 질 때까지 평소처럼 노닥거리며 보내기로 했다. 게다가 나는 로베르토 씨에게 물어보고 싶은 것이 있었다.

"로베르토 씨는 이탈리아에서 살았을 때 시칠리아섬에 가 본 적이 있어요?"

"네, 있습니다. 지중해에 있는 아름다운 섬이지요. 오랜 역사가 느껴지는 멋진 곳입니다. 그나저나 어째서 갑자기 시칠리아섬에 대해 물어보는 건가요?"

"그게, 실은 시칠리아 배경의 〈바리아〉라는 영화에 대해 아키야마 씨가 이야기했을 때 제가 그 섬 이름을 기억한다는 사실을 우연히 알게 되어서요. 혹시 뭔가 생전의 기억하고 관련이 있나 싶었는데 지금 로베르토 씨 이야기를 들어도 전혀 느낌이 오지 않네요."

"그야 그 섬은 워낙 유명해서 어디선가 들은 적이 있었을 수도 있습니다. 시칠리아산 레몬 같은 것도 있고, 또 오노다 씨가 보지 않았다고 한 〈시네마 천국〉 같은 영화도 배경이 시칠리아니까요."

물론 시칠리아산 레몬에 대해서는 알고 있었지만, 뭔가 그보다 강한 인상으로 기억에 남아있는 느낌이 들었다. 왜 그런지 이유를 모르겠다고 생각하는데 갑자기 중간에 야마토 군이 뜻밖의 말을 하며 끼어들었다.

"뭐야, 후배는 〈시네마 천국〉을 본 적이 없단 말이야?"

"응, 뭐, 안 보기는 했는데……."

큰일 났다. 불길한 예감이 들었다. 설마 아직 어린 야마토 군이 그런 명작 영화를 봤을 줄이야.

"그 영화는 말이야, 인생의 필수 과목이라고!"

"인생의 필수 과목……."

야마토 군의 말을 곱씹으면서 고개를 끄덕였다. 나무라는 말투만 보면 누가 연상인지 알 수 없을 지경이다.

"도대체 누가 더 나이가 많은지 모르겠습니다."

"……."

실제로 로베르토 씨도 그렇게 지적했다. 하긴, 나 자신도 그렇게 생각했을 정도니 어쩔 수 없다.

"진짜로 그렇게 좋은 영화야?"

"좋은 영화랄까, 그냥 영화 그 자체라고 봐야지. 게다가 마지막 장면이 정말 끝내주니까."

"명장면이라고 아키나 씨도 저번에 그러던데……."

내가 그렇게 말하자 야마토 군이 신이 나서 설명하기 시작했다.

"맞아맞아, 마지막에 영화관 안에서 필름을……."

"잠깐! 거기까지!"

갑작스럽게 막아선 내 큰 목소리에 야마토 군이 움찔

하며 얼어붙었다. 그 정도로 큰 소리를 내버린 것이다.

"뭐, 뭐야? 갑자기 왜 그래?"

"아니, 스포일러를 하려고 그랬잖아!"

"아아, 후배는 스포일러 반대파인가 보네."

"당연하지. 영화나 드라마나 스포일러를 당하면 재미가 없어지잖아. 결말을 미리 알게 되면 무슨 재미로 그걸 보라고?"

"그런가? 난 결말을 알고 있어도 재미있는 영화는 여전히 재미있던데."

야마토 군의 말에 로베르토 씨가 힘을 실어 주었다.

"하긴 요즘에는 결말을 알고 보는 편이 안심이 되어서 더 좋다는 사람들도 많은 모양입니다. 재미없는 영화에 공연히 시간 낭비하는 일도 없어지니까요."

보아하니 로베르토 씨도 스포일러 찬성파인 모양이다.

"재미없는 영화가 시간 낭비라고 하면 안 되지요. 그런 경우도 포함해서 영화를 보는 재미라고 해야 하지 않을까요? 원래 사람마다 취향은 제각기 다르니까. 게

다가 어떤 영화든 재미있는 장면이 한두 군데는 꼭 있게 마련인데."

"아이고, 아키야마 씨가 말하는 줄 알겠네."

야마토 군이 태클을 걸었다. 그러고 보니 아키야마 씨가 하던 말을 그대로 읊은 느낌이 들었다.

"아, 아무튼 나는 스포일러 반대파니까!"

불리해진 탓도 있지만 어쨌든 반대를 선언한 김에 그 자리를 떠나기로 했다. 이대로 있으면 안 될 것 같았다. 야마토 군의 성격으로 봤을 때 억지로라도 스포일러를 해 버릴 수도 있다. 내가 나중에라도 〈시네마 천국〉을 보게 될지 어떨지 모르지만 일단 지금은 결말을 알고 싶지 않았다.

어쩌면 영화라서 더 그렇게 생각하는지도 모른다. 실제로 영상을 봐야만 알 수 있는 무언가가 반드시 있을 것이다. 누군가가 설명하는 말이 아니라 영상을 통해서만 마음을 움직일 수 있는 무언가…….

"앗, 아키야마 씨."

천국 영화관을 향해 걸어가는 도중에 아키야마 씨를

만났다. 방금 일어났던 일을 말하기에 매우 좋은 타이밍이라고 생각했다.

"아키야마 씨는 영화 스포일러 찬성파인가요? 반대파인가요?"

"한심한 질문이군요."

아키야마 씨가 답답하다는 얼굴로 말을 이었다.

"단연코 반대파입니다. 스포일러는 절대 있어서는 안 됩니다. 결사 반대파라고 해도 무방합니다."

"다행이다……."

왠지 갑자기 마음이 놓였다. 이제 2대2가 되었다. 다음에는 아키나 씨에게 물어봐야겠다.

"오노다 씨도 스포일러 반대파인 것 같아서 안심했습니다. 만약에 찬성파였다면 더 이상 같이 일할 수 없었을지도 모르니까요."

아키야마 씨는 농담처럼 말했지만 어쩌면 상당히 진심이었는지도 모른다. 그런 생각이 들 정도로 진지한 표정이었다.

"당연한 것 아닌가요? 나중에 어떻게 되는지 알아버

리면 보는 재미가 뚝 떨어지잖아요. 그리고 시간을 단축한답시고 2배속으로 빠르게 보는 것도 절대 반대예요."

"오노다 씨, 일 끝나고 한 잔하러 갈까요? 제가 한턱 내겠습니다. '스포일러 시간단축 결사 반대 동맹 발족회'로 말입니다. 제가 회장이고, 오노다 씨가 부회장이 되는 겁니다."

이 건에 대해서도 의견이 일치한 모양이었다.

어쩌면 이렇게 아키야마 씨와 가치관이 같다는 점이 내가 천국 영화관의 스태프가 된 가장 큰 요인일지도 모른다.

❋

아키야마 씨의 '일 끝나고 한 잔하자'는 말은 이제부터 천국 영화관에 일이 있다는 뜻이다. 실제로 새로운 영화가 천국 영화관에 도착했다.

"고이와이 미치카 님이시죠? 잘 부탁드리겠습니다."

아키야마 씨가 그렇게 말하고 고개를 숙이자 미치카

씨도 꾸벅하고 인사했다.

"잘 부탁드려요……."

미팅 룸에 아키야마 씨와 미치카 씨와 나까지, 세 사람이 모여 앉았다.

미치카 씨의 나이는 마흔다섯. 나이로 보면 나보다 스무 살 넘게 많아도 이 천국에서 지낸 기간은 별로 차이 나지 않았다. 그래서 이렇게 영화가 빨리 왔다는 점이 더 의외였다.

"……."

전에 없이 무거운 침묵이 방안에 흘렀다. 미치카 씨의 표정 때문이기도 했다. 뭔가 깊이 생각에 잠긴 어두운 얼굴이었다. 그런데 미치카 씨가 이런 표정을 짓는 것은 오늘이 처음은 아니었다.

"제 영화가 도착한 모양이네요. 다행이에요……."

말은 그랬지만 미치카 씨의 얼굴은 '다행'이라는 단어와는 동떨어진 표정이었다. 미치카 씨가 웅얼거리듯이 한 마디 내뱉었다.

"저 같은 게 어떻게 이 천국에서 행복하게 지낼 수 있겠어요……."

미치카 씨는 아무와도 눈길을 마주치지 않은 채 그렇게 말했다.

아키야마 씨조차 미치카 씨의 그 말에 뭐라고 반박할 수가 없었다.

한참 침묵을 지키던 미치카 씨는 우리가 물어보기도 전에 자신의 생전에 대한 이야기를 하기 시작했다.

미치카 씨의 인생은 어머니인 하나에 씨와 큰 관련이 있었다.

미치카 씨는 결혼 뒤에도 맞벌이로 도쿄 시내에서 직장에 계속 다녔다. 그러나 친정어머니인 하나에 씨가 교통사고를 당해 거동이 불편해지자 직장을 그만두고 부부가 사는 집에 어머니를 모셔와 수발을 들며 주부로 살기 시작했다.

남편은 간병에 협조적이지 않았다. 장모님과 사위의 관계는 그리 살가운 편이 아니었다. 그렇지만 미치카 씨는 그런 남편에게 불만을 드러낼 수가 없었다. 애초에 미치카 씨가 직장을 그만두고 친정어머니를 집에 모서와서 간병하겠다고 했을 때 남편의 반대가 매우 심했기 때문이다.

그렇게 익숙하지 않은 간병 생활을 하는 사이에 미치카 씨는 서서히 피폐해져 갔다. 남편과 다투는 횟수도 늘었다. 게다가 어머니인 하나에 씨와의 관계도 잘 풀리지 않게 되었다. 어머니가 집 밖으로 외출하는 일이 적어지고, 점차 인지 능력에 문제가 생기는 일이 늘어나자 제일 먼저 이 생활을 견디지 못하게 된 사람은 미치카 씨의 남편이었다. 남편은 하나에 씨를 요양원으로 모시자고 했다.

물론 미치카 씨는 반대했다. 그러나 이대로 가다가는 점점 살기 힘들어질 게 뻔했고, 어머니에게 지금 환경이 좋지 않다는 것도 분명한 사실이었다.

자기가 생각해도 간병을 제대로 못 하고 있다는 생각이 들기도 했다. 결국 미치카 씨도 요양원에 모시자는 제안을 받아들일 수밖에 없었다. 전철로 두 역 떨어진 요양원에 빈자리가 생기자 하나에 씨를 그곳으로 모셨다.

"우리 딸은 참 착하네. 정말 고맙다."

처음 요양원 방에 들어갔을 때 어머니가 한 그 말을 미치카 씨는 지금도 기억하고 있다. 그러나 미치카 씨는 스스로가 착한 딸이라는 생각을 절대로 할 수가 없었다.

하나에 씨가 요양원에 들어가자 미치카 씨는 예전의 일상을 되찾았다. 직장에 다시 나가 일하면서 남편과 둘이서 살게 되었다. 부부 사이에 약간의 앙금은 남아 있었어도 표면적으로는 아무런 문제가 없어 보였다.

하지만 문제가 생긴 것은, 하나에 씨가 노인 요양원에 들어간 지 반년이 지났을 무렵이었다.

'하나에 씨가 위독한 상태입니다!'

어느 날 갑자기 요양원에서 그런 연락을 받았다. 실수로 침대에서 굴러떨어지면서 머리를 바닥에 세게 부딪쳤다고 했다.

한밤중에 일어난 일이었다. 연락을 받고 당장 병원으로 달려갔지만 하나에 씨는 이미 숨을 거둔 후였다.

믿을 수가 없었다.

정말 갑작스러운 일이었다.

마지막으로 말 한마디 나누지 못한 것이다.

남편은 요양원 측의 관리 책임을 문제 삼았지만 미치카 씨는 자신을 책망했다.

어머니를 요양원에 보내는 일에 동의했던 것을 뼈저리게 후회했다.

자기에게 책임이 있다고 생각했다.

나만 똑바로 모셨으면 어머니는 아직도 웃는 얼굴로 잘 살아계셨을 텐데…….

나 때문이야…….

미치카 씨는 다시 회사를 그만두었다.

망연자실하며 지내는 날들이 계속되었다. 속절없이 시간이 흘러갔다. 미치카 씨는 자기가 교통사고로 죽을 때까지 어떻게 시간을 보냈는지 알 수 없었다. 허깨비처럼 속이 텅 빈 채로 살았다. 사고를 당해도 이상하지 않은 상태였다.

그런데 아이러니하게도 그런 미치카 씨가 사망 후에

오게 된 곳이 이 천국이었다.

미치카 씨는 스스로를 용서할 수 없었다.

그래서 자신이 천국에 산다는 게 용납되지 않았다. 자기 같은 사람이 천국에서 행복하게 지내는 것은 용서받을 수 없는 일이라고 생각했기 때문이다.

"그래서 영화가 도착한 걸 보고 마음이 좀 놓였어요. 더 이상 이렇게 행복한 장소에서 호강하며 지내면 안 되는 사람이니까요."

미치카 씨는 천국에 오기 전까지 있었던 일들을 한차례 이야기하고 나서 그런 말로 말을 끝맺었다. 마치 성당에서 고해성사를 마친 사람 같았는데 나는 천국에 와서 이렇게 괴로운 표정을 짓는 사람을 처음 보았다.

"미치카 씨……."

미치카 씨는 어머니를 위해 할 만큼 했다는 생각이 들었다. 자기 힘이 닿는 만큼 할 수 있는 일은 다 했을 것이다. 그렇지만 그런 위로의 말을 쉽사리 건넬 수가 없었다.

미치카 씨의 고뇌는 미치카 씨가 해결해야 한다.

그러기에 지금은 가능한 한 마지막까지 이야기를 들어줘야 한다고 생각했다. 그러면서 조금이라도 미치카 씨의 마음이 가벼워질 수만 있다면……

테이블 위에는 아키야마 씨가 이야기 도중에 준비해 놓은 코코아가 있었다. 아키야마 씨는 "코코아에 함유된 테오브로민이라는 물질이 자율 신경에 작용하여 긴장 완화를 촉진해 준다고 합니다"라고 설명하며 내주었다. 아키야마 씨도 어쩌면 이런 상황이 되리라 예상했을지도 모른다.

미치카 씨가 입을 열어 말을 이어갔다.

"저는 제 영화를 다른 사람에게 보여주고 싶지 않아요!"

강한 어조로 말하더니 이번에는 금방이라도 사라질 것 같은 목소리로 말을 이었다.

"하지만 본인인 제가 그 영화를 꼭 봐야 한다면…… 혼자서만 보는 것도 겁이 나요."

미치카 씨는 코코아에 거의 입을 대지 않았다.

"솔직히, 모르겠어요, 어떻게 하고 싶은지……. 저도
제 마음을……."

찻잔에 시선을 고정한 채 그렇게 중얼거릴 뿐이었다.

❋

"천국에 왔다고 해서 다 행복한 것만은 아니네요."

그날 밤, 천국 카페에 또 들렀다. 퇴근 후 한잔하러
오긴 했지만, 속 편하게 분위기를 즐길 기분이 도무지
들지 않았다.

"그야 당연하지. 사람이잖아. 원래 사람은 언제든, 어
디서든, 누구나 고민을 갖고 있게 마련이니까."

그렇게 내 말에 맞장구를 쳐 준 사람은 아키나 씨였
다. 아키야마 씨와 내가 천국 카페에 도착했을 땐, 이미
아키나 씨가 혼자 자리 잡고 한잔하던 중이었다. 그래
서 나와 아키야마 씨, 아키나 씨까지 셋이서 어울리게
되었다.

"그렇지요. 살아 있건 죽었건, 사람은 어차피 마찬가

지라고 생각합니다. 그리고 지금까지 제가 만나본 경험에서 말씀드리자면 천국에 올 정도로 선한 사람들은 자신의 행동에 책임을 져야 한다는 의무감 때문에 많은 부담을 안게 되는 진지한 성격인 경우가 많습니다. 물론 이것은 어디까지나 제 주관적인 생각입니다만."

아키야마 씨가 하이볼을 한 모금 마신 다음 말했다. 그 말에는 나도 고개가 끄덕여졌다. 미치카 씨가 바로 그런 사람이었기 때문이다. 천국에 와서까지 생전의 자기 삶에 대한 후회를 안고 사는 사람들이 의외로 많을 수도 있다.

"미치카 씨의 영화 상영은 어떻게 할 생각이에요?"

나는 계속 궁금했던 점을 아키야마 씨에게 물었다. 미치카 씨는 자기 영화를 다른 사람들에게 보여주고 싶지 않다고 했다. 하지만 혼자서 보고 싶지도 않다고 말했다. 도대체 어떻게 하면 될지, 그 미팅 자리에서는 결론이 나지 않았던 것이다.

"솔직히 저도 고민입니다. 이제까지 혼자서 영화를 본 사람은 몇 분 계셨지만, 그렇게 혼자 보는 것조차 거

부한다면 문제가 상당히 심각하다고 봐야 합니다."

"영화를 보지 않으면 이 천국에서의 생활을 끝낼 방법이 없는 건가요?"

"네. 반드시 자기 영화를 보셔야 합니다. 그게 이 천국 영화관이라는 곳의 규칙이니까요."

그 말에 옆에 있던 아키나 씨가 불쑥 끼어들었다.

"규칙이라고는 해도 사실 천국 영화관이라는 신기한 장소가 있다는 자체가 이상한 건데……."

생전에 절집 딸이었던 배경 때문인지 아키나 씨는 아직도 천국 영화관의 존재가 석연치 않은 모양이었다. 나는 이제 완전히 익숙해진 느낌이었다. 왜냐하면 전에 아키야마 씨가 '이 천국뿐만 아니라 사후 세계에는 상상도 못 할 만큼 여러 장소가 있다'고 했던 말이 묘하게 납득이 되었기 때문이다.

수없이 많은 가능성 중에 우리는 우연히 영화관이 있는 이 천국에 오게 되었다.

그것뿐이다.

밤에 이 카페에 오면 스즈키 씨가 생각난다. 그날 여

기서 우리가 같이 마신 맥주의 맛을 앞으로도 잊을 수 없을 것이다. 어쩌면 영화를 상영하기 전에 스즈키 씨와 조금이나마 가까운 관계가 될 수 있었기에 그런 생각이 드는 것인지도 모른다.

스즈키 씨의 인생을 조금 더 깊이 알게 되었기 때문이다. 그리고 이번에도 내가 해야 할 일이 있다는 생각이 들었다.

"……아키야마 씨."

"왜 그러세요, 오노다 씨?"

내가 이름을 부르자 아키야마 씨도 뭔가 평소와는 다른 분위기를 감지한 모양이었다.

"이번 미치카 씨 일은 제가 어떻게 한 번 풀어볼까 하는데요."

아키야마 씨의 눈을 똑바로 바라보면서 말을 이어 갔다.

"그러기 위해서 일단은 미치카 씨랑 다시 한번 이야기해 보려고요. 만약 제 생각대로 이야기가 잘되면 이번 일도 큰 문제 없이 좋은 방향으로 풀릴 거라고 생각해요."

"오노다 씨……."

아키야마 씨는 조금 놀란 표정을 짓더니 곧바로 빙긋
웃었다.

"그런 말을 오노다 씨가 해 주니 정말 기쁘네요."

"네?"

아키야마 씨가 생각지도 못한 반응을 보여서 나는 놀
란 표정을 감추지 못했다. 아키야마 씨는 그렇게 반응
한 이유를 곧바로 설명해주었다.

"앞으로 오노다 씨가 어떤 행동을 하려는지는 모르지
만, 천국 영화관의 스태프로서 진지하게 상대를 생각한
다는 점이 반갑고 기쁘다는 겁니다. 사실 저는 오노다
씨의 성장에 감개무량한 상태입니다. 주어진 일에 대한
오노다 씨의 진지한 마음가짐을 옆에서 계속 지켜봤으
니까요."

"아니, 뭐……."

그렇게까지 칭찬해 줄 줄은 몰랐다. 그래도 미치카 씨
를 위해 행동하려고 한다는 마음만은 틀림없었다. 그토
록 마음이 여리고, 그러면서 지나치게 책임감이 강해서

자기 탓을 해 버리는 미치카 씨가 마음의 짐을 조금이라도 내려놓고 이 천국을 떠났으면 하고 바랐기 때문이다.

"그럼 이번 일은 오노다 씨에게 맡기겠습니다. 만약 무슨 일이 생기면 언제든 말씀해 주세요. 곧바로 도우러 가겠습니다."

"고맙습니다."

아키야마 씨가 주저하지 않고 나에게 맡긴다고 해줘서 기뻤다. 아직 무언가를 이루어낸 상태도 아닌데 이미 보상받은 기분이 들었다. 아키야마 씨를 위해서라도 이번 일을 제대로 해내야겠다는 생각이 들었다.

그때 아키야마 씨가 다음 말을 꺼냈다.

"실은 저도 따로 하고 싶은 일이 있습니다. 그러기 위해 시간이 좀 필요했는데 마침 오노다 씨가 나서줘서 다행이에요."

"따로 하고 싶은 일이요?"

"네. 짐작이 가는 점이 좀 있어서요. 큰 기대는 하지 마세요. 아니, 저한테 아예 신경 쓰지 않아도 됩니다. 그냥 저 대신 오노다 씨가 천국 영화관의 일일 지배인이라고 생각하고 힘내주셨으면 합니다."

아키야마 씨는 그 일에 대해서 더이상 말하려 하지 않았다. 아직 확신을 가지고 말해줄 상태가 아닌 모양이었다.

그보다도 내가 먼저 말을 꺼내기는 했어도 얼떨결에 큰 역할을 맡았다는 사실 때문에 불안해지기 시작했다. 일일 지배인이라니. 그런 중대한 역할을 해낼 자신이 없다. 이 천국을 떠나는 사람들에게 건넬 수 있는 따뜻한 말이 내 머릿속에 떠오를 것 같지 않았다.

"와~, 우리 오노다 군이 드디어 어엿한 사회인이 되었구먼! 내가 여기서 제일 독한 술로 두 사람한테 축하주를 쏴 주겠어!"

딱 그 타이밍에 아키나 씨가 놀리듯이 웃으며 끼어든 덕분에 긴장이 좀 풀린 느낌이 들었다. 어쩌면 아키나 씨는 내가 바짝 쫄아서 표정이 굳은 것을 보고 그렇게 말해준 것인지도 모른다.

사실, 이 천국에서는 무엇을 사도 돈이 들지 않는다. 그러니까 아키나 씨의 '축하 턱'도 그저 술을 주문해 준

것뿐이었다.

그런데도 새로운 마음가짐으로 술을 마셨더니 왠지 전과는 맛이 다른 느낌이었다.

다음 날, 나는 미치카 씨를 찾아 돌아다녔다. 찾아내는 데에 시간이 걸린 까닭은 평소에 미치카 씨와 친하게 지내는 사람이 거의 없었기 때문이다. 그러다 뜻밖의 장소에서 미치카 씨를 발견했다. 바로 내가 자주 가던 언덕 위였다. 내가 다른 사람들과 평소에 자주 만나던 곳에서 꽤 떨어진 구석 자리의 벤치였다.

거기에 미치카 씨가 혼자 덩그러니 앉아 있었다. 무언가 생각에 잠긴 듯도 하고, 한편으로는 아무 생각도 하기 싫은 얼굴이기도 했다.

자기 영화가 갑자기 왔다는 사실에 마음속으로는 여전히 당혹스러워하면서 앞으로 어떻게 해야 할지를 고민하고 있을 게 틀림없었다. 말을 걸기가 망설여졌지만 그래도 작심하고 이름을 불렀다.

"미치카 씨."

내 목소리를 듣고 미치카 씨가 천천히 고개를 들었다. 하지만 나를 보고도 표정에는 별다른 변화가 없었다.

"이런 곳에 계셨군요. 여기 자주 오시나요?"

"네, 전 여기가 마음에 들어요. 다른 사람들 눈에도 잘 안 띄고, 현실 세계하고도 비슷하고요."

"그러고 보니 그러네요."

멀리 구름바다가 보이고, 저녁놀이 너무 길게 이어진다는 점을 제외하면 확실히 이곳은 우리가 살았던 현실 세상과 비슷해 보였다.

나는 잠시 미치카 씨와 함께 저녁해를 바라본 다음 여기까지 찾아온 이유를 꺼냈다.

"오늘은 제가 미치카 씨 영화 상영에 관해 제안해 드릴 게 있어서 왔습니다."

미치카 씨가 나를 바라보았다.

나도 그 시선에서 눈을 돌리지 않고 말을 이어갔다.

"미치카 씨는 다른 사람이 자신의 영화를 보는 것을

바라지 않는다고 하셨죠. 그리고 혼자서 보는 것도 무섭다고 했어요. 그렇다면 저 혼자만 미치카 씨와 함께 극장에 들어가서 미치카 씨의 인생 영화를 같이 보는 것은 어떨까요?"

거기까지 말했더니 그제야 표정에 변화가 생겼다. 내가 한 말에 반응하지 않을 수 없었던 모양이다.

"오노다 씨랑 같이요?"

갑작스러운 제안에 당혹스러워하는 표정이었다. 내가 설명을 덧붙였다.

"미치카 씨가 많은 사람에게 자신의 인생 영화를 보여주고 싶지 않다는 뜻은 잘 알겠어요. 그런데 혼자서 보는 것도 겁이 난다고 하시는 거면 스태프인 저만 같이 보는 것은 그나마 받아들일 만하시지 않을까 생각했습니다."

"그건 그렇지만……."

내 제안은 어디까지나 단순한 것이었다. 미치카 씨 혼자 영화를 보게 하지 않기 위해 딱 한 사람만 극장 안에 같이 들어가는 것이다. 다만 그 역할을 내가 맡는다는 부분이 내가 고심하다가 내린 결단이었다. 내가 들어가야 하는 이유는 예전부터 미치카 씨와 알고 지냈을 아키야마 씨가 그 역할을 할 수 없기 때문이다.

"게다가 이런 말을 하기 좀 그렇지만 저는 지금까지 미치카 씨를 먼발치에서 몇 번 본 게 다고, 이야기를 해 본 적은 거의 없습니다. 이런 일은 잘 모르는 사람이 함께해야 마음이 더 편하지 않을까요? 저라면 어땠을까 상상해 보니 그런 생각이 들어서요."

"그건 확실히 그럴지도 모르겠네요."

미치카 씨가 작게 고개를 끄덕였다. 짐작대로 나쁘지 않은 제안이라고 여기는 모양이다.

그러더니 이번에는 미치카 씨가 중얼거리듯이 조용히 말했다.

"오노다 씨도 그런 식으로 생각할 때가 있나 보네요."

"네. 저의 평소 성격으로 봤을 때, 저도 생전에 틀림없이 인간관계가 아주 적었을 것 같거든요. 그래서 지금도 다른 사람과의 관계에서 거리를 어떻게 두어야 할지 자꾸 신경이 쓰이더라고요."

"틀림없이, 라니요?"

"실은 제가 생전의 일을 거의 기억하지 못해요. 그래서 어떻게 천국에 올 수 있었는지 너무 신기할 정도라서……."

"저랑 똑같네요."

"네?"

"저도 제가 어떻게 천국에 왔는지 신기하니까요. 아니, 원래 여기 있으면 안 되는 사람이라고 생각해요."

"그건……."

미치카 씨는 미팅 때도 그런 식으로 말했다. 미치카 씨로서는 자기가 천국에 있다는 사실이 벌을 받는 것처럼 느껴지는지도 모른다.

"저 혼자만 그런 게 아니라고 생각하니까 조금은 안심이 되네요. 문제가 해결된 것은 아니지만 그것만으로도 충분합니다."

미치카 씨가 강한 의지를 담은 눈으로 나를 응시하며 말했다.

"제 영화 상영, 마지막까지 잘 부탁드립니다."

＊

　미치카 씨와 어떤 이야기를 주고받았는지 알리자 아키야마 씨는 무척 기뻐하며 영화 상영 준비를 서둘러 해 주었다.

　"천국 영화관 스태프로서 비약적인 발전을 했네요"라는 칭찬까지 아끼지 않았다.

　나 스스로도 이런 제안을 할 수 있으리라고는 생각하지 못했다. 기쿠 할머니와 스즈키 씨의 영화를 상영하는 경험을 통해 내 마음속에도 변화가 일어난 것인지도 모른다.

　이번 미치카 씨 일도, 내가 뭔가 도움이 되고 싶다는 마음으로 고심한 끝에 제안한 것이다.

　그리고 다음 날, 영화를 상영하게 되었다. 이번에는 홍보나 광고를 할 필요가 없어서 준비 시간도 짧았다.

　다만 영화 상영일인데 이렇게 고요한 극장을 본 건 처음이어서 위화감이 사라지지 않았다. 더구나 오늘 이 자리에는 아키야마 씨도 없다. 영화가 상영되는 극장 안에는 나와 미치카 씨 두 사람밖에 없었다. 사이에 한 자리를 띄워놓고 둘이 나란히 스크린 쪽을 향해 앉았다. 평소 내가 알던 영화관과는 전혀 다른 공간 같았다.

"자, 그럼 미치카 씨. 이제 곧 영화가 시작되는데 준비되셨나요?"

"……네."

잠깐의 틈을 두고 미치카 씨가 대답했다. 모든 준비가 다 되지는 않았을 것이다. 마음속에는 여전히 개운치 않은 무언가가 남아있을 것이다.

자기 인생 영화를 끝까지 본 미치카 씨는 과연 어떤 기분이 들까?

그 결말까지는 나도 예상할 수가 없다.

영화를 다 본 후에 나는 어떤 말을 해 줘야 할까? 내 마음속에도 망설임이 남아있었다. 하지만 그 대답은 영화를 보고 나면 분명해질지도 모른다.

미치카 씨의 마음도 지금보다 조금이라도 더 개운해지면 좋을 텐데…….

"그럼 이제부터 고이와이 미치카 님의 영화 상영을

시작하겠습니다."

내가 손을 들자 극장의 조명이 어두워지면서 스크린에 영상이 나왔다.

미치카 씨의 인생 영화가 시작되었다.

스크린에 비친 첫 장면에 등장한 사람은 미치카 씨의 어머니인 하나에 씨였다.

미치카 씨의 어린 시절 기억이 그대로 그려져 있는 것 같았다.

영화 속에서는 아직 어린 미치카 씨가 그네를 타며 웃고 있었다. 그 뒤를 밀어주는 하나에 씨도 밝게 웃는 얼굴이었다.

초등학교 운동회에서 1등을 한 미치카 씨가 기뻐하고 있었다. 그 모습을 보고 더 기쁜 얼굴을 하는 하나에 씨의 모습이 나왔다.

미치카 씨가 나오면 하나에 씨도 나왔다. 마치 미치카 씨 혼자만의 인생 영화가 아니라 두 사람의 인생 영화를 보고 있는 것 같았다.

그 정도로 강하게, 미치카 씨의 인생에 하나에 씨가 연관되어 있었다.

그 뒤로도 여러 차례, 미치카 씨 인생의 중요한 순간과 고비마다 하나에 씨가 등장했다.

어머니와 딸의 강한 유대 관계를 느끼게 해주는 영상의 연속이었다.

그 영화를 보면서 나에게 한 가지 느낌이 강하게 다가왔다.

어머니의 존재. 나는 아직 어머니에 대한 기억조차 없는 상태다. 그래도 이 순간 가슴속을 흔드는 울림이 느껴지는 것은 뭔가 나에게도 그런 과거가 있어서가 아니었을까?

어머니와 나의 관계는 어떤 느낌이었을까?

기억의 봉인을 풀어줄 단서를 또 하나 찾은 느낌이 들었다.

그러다 따스한 빛으로 가득하던 영상이 갑자기 어두워지기 시작했다.

전에 미치카 씨가 말했던, 하나에 씨가 교통사고를 당하는 장면이었다. 그 뒤로 하나에 씨를 간병하며 함께 사는 생활이 시작되었다. 미치카 씨가 남편과 다투는 횟수가 늘어났다. 웃는 횟수는 눈에 띄게 줄어들었다.

그러다 하나에 씨가 요양원으로 들어가게 되었다. 이번에는 미치카 씨가 요양원으로 찾아가는 모습이 여러 번 나왔다. 두 모녀는 헤어질 때 언제나 악수를 했다. 그게 헤어질 때의 인사였던 모양이다.

그런데 전혀 예기치 못한 타이밍에 하나에 씨가 사망했다.

그 영상이 흘러나올 때, 빈자리 하나를 사이에 두고 앉았는데도 미치카 씨가 주먹을 꽉 쥐는 것을 알 수 있었다. 솟구치는 강한 감정을 주먹으로 꽉 움켜쥐는 듯했다.

그 후의 일은 정말 짧았다.

미치카 씨 본인의 죽음에 대해서는 정말 간단하게 묘사되었을 뿐이었다.

그 장면을 바라보는 미치카 씨의 표정에 더 이상의

변화가 보이지 않았다.

그렇게 미치카 씨의 인생을 담은 영화가 끝났다.

미치카 씨는 스크린에서 시선을 돌려 자기 손바닥을 내려다보았다. 마치 지금까지 있었던 일들을 되새기듯이, 혹은 어머니의 손바닥에서 전해지던 따스함을 떠올리듯이.

"참 신기하죠? ……정말이지 저의 죽음 자체에 대해서는 아무런 슬픔을 느끼지 못하거든요."

미치카 씨가 불쑥 중얼거렸다.

"엄마가 돌아가셨을 때 제 몸과 마음의 일부분이 같이 죽어버린 것 같아요. 그래서 저의 죽음 자체는 그다지 충격적이지 않았겠죠. 하긴 제가 죽는 건 제 힘으로 어쩔 수 있는 게 아니잖아요. 아프거나 고통스러운 의식조차 죽은 뒤에는 없어져 버리니까. 그런데 저는 이 천국에 와 버려서……."

다시 한번 미치카 씨가 손바닥을 물끄러미 바라보았다.

"슬픔은 없어도 괴로움은 남아있는 거예요. 여기가 천국이건 어디건 그 점은 변함이 없죠. 과거의 일이 계속 떠올라서 마음이 힘들어지는 거니까……."

"미치카 씨……."

어떤 말을 건네야 할까? 적당한 말이 나오지 않는다. 지금의 미치카 씨에게 내가 해 줄 수 있는 말이 과연 있기나 할까? 무슨 말을 해 준다 해도 얄팍한 겉치레에 지나지 않을 것 같았다.

그렇지만 나는 미치카 씨가 이런 괴로운 마음을 가진 채 천국을 떠나게 되지 않기를 바랐다.

아주 조금이라도 이곳에서 미치카 씨의 마음이 위로받고 나아지기를 바랐다.

이곳이 정말로 천국이라면…….

"……어머님께서는 틀림없이 미치카 씨가 웃으며 지내기를 바라셨을 겁니다."

나는 아키야마 씨처럼 상대방의 마음을 어루만질 수 있는 말을 하지는 못한다.

그렇기 때문에 내 생각을 있는 그대로 꾸밈없이 전하

기로 했다.

"어머님 때문에 괴로워하기를 절대 바라지 않으셨을 거예요. 입장을 반대로 놓고 생각해 보세요. 미치카 씨도 그러지 않겠어요?"

"그건……."

내 말에 미치카 씨가 미세한 반응을 보였다.

지금 내가 하는 말들은 천국 영화관의 스태프라든지, 아키야마 씨가 이 일을 맡겼다든지 하는 것들과 아무런 상관이 없었다.

그저 단순히 미치카 씨의 괴로움을 조금이라도 덜어 주고 싶었다.

나는 말을 이어갔다.

"어머님께서는 따님인 미치카 씨가 천국에서 행복하게 웃으며 지내기를 바라셨을 겁니다. 영화 속에서 두 사람이 함께 지내던 때처럼, 다시 한번 딸의 웃는 얼굴을 보고 싶지 않으시겠어요? 여기 천국에서 처음 만난, 남인 저도 그런 생각이 들 정도인데 미치카 씨가 그걸 모르고 있었을 리가 없잖아요. 두 분은 서로 모녀간의

정으로 끈끈하게 맺어진 관계니까 어머님의 마음을 헤
아려 보실 수 있지 않나요?"

"……."

미치카 씨는 내가 한 말을 반박하지 않았다. 오히려
내 말을 받아들이는 듯했다.

하지만 아직도 자신을 옭아매는 죄책감을 완전히 떨
쳐낸 것처럼 보이지는 않았다.

아직 뭔가 개운치 않은 부분이 남아있는 모양이었다.

조금만 더 하면 될 것 같은데. 그런데 어떡하면 되지?
이럴 때 아키야마 씨라면 어떻게 했을까?

그런 생각을 한 바로 그때였다.

"오노다 씨는 정말 훌륭한 천국 영화관의 스태프가
되었군요."

극장 문을 열고 아키야마 씨가 등장하며 말했다.

그 손에는 생각지도 못한 물건을 들고 있었다.

"그동안 시간을 벌어준 덕분에 제시간에 맞춰 이걸
가져올 수 있었습니다."

아키야마 씨는 들고 있던 영화 필름 하나를 내보이며

말을 이었다.

"이것은 미치카 님의 어머님이신 하나에 님의 영화입니다."

"이제부터 하나에 님의 인생 영화를 상영하려고 합니다. 이것은 특별 상영입니다. 마음의 준비는 되셨나요, 미치카 님? 만약 미치카 님께서 원하지 않는다면 이 영화는 여기서 상영하지 않고 돌려보낼 수도 있습니다."

아키야마 씨가 가져온 하나에 씨의 영화는 다른 천국 영화관에서 상영되었던 모양이다. 아키야마 씨는 그 영화 필름을 찾으러 돌아다녔던 것이다. '다른 볼일'이라는 게 바로 이것이었다.

예전에 아키야마 씨가 천국은 넓고, 다른 곳에도 영화관이 있다고 말한 적이 있었다. 하지만 이런 타이밍으로 연결될 수 있으리라고는 생각하지 못했다. 아키야마 씨이기에 생각해낼 수 있는 특별한 상영 방법이었다.

미치카 씨는 아키야마 씨의 말을 듣더니 마음을 굳혔다는 듯이 대답했다.

"저는 괜찮습니다. 엄마의 영화를 상영해 주세요. 부탁드립니다."

그 말을 들은 아키야마 씨가 고개를 끄덕였다.

아키야마 씨가 조용히 손을 들자 상영관의 조명이 어두워졌다.

그리고 눈앞의 스크린에 다시 영상이 나타났다. 이번에는 미치카 씨의 영화가 아니었다. 하나에 씨의 인생 영화다.

하지만 이 영화는 마치 아까 전의 영화를 반복하는 것 같았다.

하나에 씨의 영화 속에서도 중점적으로 나오는 사람은 미치카 씨였다. 하나에 씨가 나오면 미치카 씨도 나왔다.

보는 이의 시점만 바뀌었을 뿐 미치카 씨의 영화에 나온 장면들이 고스란히 다시 나오는 느낌이었다. 그런 장면들이 계속 나올 때마다 두 사람이 가진 모녀의 정이 이렇게까지 강했구나, 하고 깨달을 수 있었다.

요양원에서 헤어질 때 주고받았던 악수.

아까와 마찬가지로 그 장면을 보는 미치카 씨가 자기 손을 꼭 쥐었다.

스크린에 두 사람의 손이 클로즈업되었다.

부드러운 느낌을 주는 미치카 씨의 손.

가늘어진 하나에 씨의 손…….

그 장면에서 영화는 천천히 페이드아웃 되면서 화면이 어두워졌다. 이대로 하나에 씨의 영화가 끝나는구나, 하고 생각했다. 아름다운 엔딩이라고 생각했다. 미치카 씨와 하나에 씨의 모녀의 정을 강하게 느낄 수 있는 마지막 장면이었다.

하지만 영화는 거기서 끝나지 않았다.

"어……?"

미치카 씨의 입에서 작은 소리가 흘러나왔다.

나도 깜짝 놀라 소리를 지를 뻔했다.

왜냐하면 깜깜해졌던 스크린에 다시 영상이 나왔기

때문이다. 엔딩 자막이 아니었다. 화면에 모습을 드러낸 사람은 바로 하나에 씨 본인이었다!

"엄마……."

미치카 씨가 엉겁결에 화면을 향해 작은 목소리로 어머니를 불렀다. 그렇게 부른 것도 이상한 일이 아니었다. 영상 속의 하나에 씨는 스크린을 바라보는 우리를 똑바로 쳐다보고 있었다.

"미치카, 내가 보이니? 이게 잘 전해졌나?"

마치 미치카 씨의 대답이 들렸다는 듯이 화면 속의 하나에 씨가 말을 하기 시작했다.

이것은 영락없이 하나에 씨가 미치카 씨에게 자신의 말을 전하기 위해 남긴 영상이었다.

"어떻게……?"

미치카 씨와 마찬가지로 나도 정말 궁금했다. 무슨 일이 벌어지고 있는지 도무지 갈피를 잡을 수 없었다. 어떻게 미치카 씨에게 말을 전하는 이런 영상이 있을 수 있지?

아키야마 씨 쪽을 돌아보았더니 침착하게 고개만 살

짝 끄덕여주었다. 아무래도 아키야마 씨에게는 뜻밖의 사태가 아닌 모양이었다.

그러고 나서 뒤늦게 알아차린 점이 있었다. 바로 영상 속의 하나에 씨가 앉아있는 장소가 영화관의 객석이라는 것이다.

하나에 씨는 객석 한가운데 앉아 카메라를 향해 말하고 있었다.

"설마……."

이 영상은 하나에 씨가 사망한 후, 여기가 아닌 다른 천국 영화관에서 촬영된 게 아닐까?

이 의문에 대한 대답을 영상 속의 하나에 씨가 해 주었다.

"천국에도 영화관이라는 게 있더구나. 참 신기하지? 혹시 미치카, 너도 여기에 오려나? 하지만 어떻게 될지 모르는 일이지. 천국은 넓고, 사후 세계에도 여러 장소가 있다고 영화관에서 일하는 사람이 말했으니까."

"아아……."

역시 내 생각이 맞았다. 이 영상이 촬영된 곳은 다른

천국 영화관이었다!

"미치카, 네가 정말로 이 영상을 볼 수 있을지 어떨지도 모르고, 또 언제가 될지도 모르지만, 그래도 여러 사람들의 도움을 받아서 이렇게 찍어 봤단다."

이런 일이 가능한지 몰랐다.

"네가 계속 속앓이를 하고 있는 건 아닌지 걱정이 되어서 말이다."

천국 영화관에 이런 영화가 상영되는 일도 있다니.

"엄마는 말이다, 정말 행복하게 살았어. 그러니까 너는 엄마에 대해서 아무 걱정을 할 필요가 없단다."

이것은 마치 엄마가 딸에게 보내는 마지막 영상 편지 같았다.

"엄마……."

미치카 씨는 자기도 모르게 또다시 어머니를 불렀다.

화면 속의 하나에 씨를 향해 부르는 것 같았다. 그 이름을 너무도 부르고 싶었던 것이다.

화면 속의 하나에 씨는 그 목소리가 들린 것처럼 마지막 말을 미치카 씨에게 전했다.

"미치카, 정말 고맙다. 언제나 엄마 옆에 있어 줘서……. 그리고 항상 엄마의 힘이 되어 줘서. 엄마는 요양원에 들어간 다음에도 즐겁게 살았어. 외롭지도 않았고. 네가 자주 만나러 와 줬고, 마지막에도 엄마를 보러 달려와 줬잖아. 그때 내가 말은 못했어도 네 목소리는 똑똑히 들었어. 사람이 죽을 때 제일 마지막까지 남아있는 게 듣는 귀라고 하더구나. 그래서 지금도 네 목소리는 잘 기억하고 있어. 진짜 하나도 외롭지 않았어, 엄마는……. 알았지? 그러니까 미치카, 엄마 때문에 마음 아파하지 말고, 힘들어하지 마. 넌 애가 너무 고지식해서 걱정되네. 공연히 자책하지 말고……. 엄마는 충분히 행복했어. 미치카, 너는 항상 웃으면서 행복하게 지내야 돼. 엄마는 사랑하는 우리 딸이 웃는 얼굴을 제일 좋아하니까……."

그렇게 말을 끝맺은 하나에 씨가 부드럽게 미소를 짓자 화면이 천천히 흐려지면서 어두워졌다.

이윽고 까만 스크린에 엔딩 크레딧이 흐르기 시작했다. 부드럽고 따뜻한 피아노 음색이 극장 안에 울리기 시작하자 미치카 씨는 자기 얼굴을 두 손으로 가렸다.

"엄마……!"

미치카 씨는 흘러나오는 눈물을 주체하지 못했다.

"엄마, 아아!"

미치카 씨의 눈에서 흘러내린 눈물이 피아노 건반 위로 떨어져 이 섬세한 음악을 만들어내는 듯했다.

극장 안에는 피아노 선율과 미치카 씨의 눈물 섞인 목소리만 울릴 뿐이었다.

……그렇게 한참 시간이 지난 뒤 마지막 엔딩 크레딧이 올라갈 즈음 미치카 씨가 고개를 들고서 이렇게 말했다.

"엄마, 사랑해……."

그 목소리는 틀림없이 스크린 너머의 하나에 씨에게도 전해졌을 것이다.

이날 본 그 한 편의 영화는 나에게 잊히지 않는 영화가 되었다.

미치카 씨의 "엄마, 사랑해"라는 말이 언제까지나 귓속에 남아있는 듯했다.

★ 네 번째 영화 ★

빌리
엘리어트

THEATER IN
HEAVEN

미치카 씨와 하나에 씨의 영화를 본 뒤의 여운은 좀
처럼 가시지 않았다.

내가 천국에 온 후, 지금까지 이 천국 영화관에서 많
은 사람들의 영화가 상영됐다. 매번 주인공의 옆에서
각자의 인생이 담긴 영상을 관람했지만, 그중에서도
미치카 씨와 하나에 씨의 영화는 마음에 진한 감동을
주었다. 내 기억과 관련되어서 그럴 수도 있겠지만, 그
런 점을 제쳐두고라도 두 사람의 관계는 아름답고 훌
륭했다.

'모든 사람에게는 제각기 영화 같은 인생이 있다.'

모습이야 제각기 다르다 해도 아키야마 씨가 한 이
말이 정말 맞는다는 생각이 들었다.

이런 체험을 할 수 있었던 것은 이 천국 영화관에서
일한 덕분이다. 나 자신은 생전에 대한 기억이 거의 없
다. 하지만 여기서 누군가와 이야기하거나 영화를 보는

일이 내 과거 기억을 불러일으키는 계기가 되는 것 같
기도 하고, 이곳을 방문한 다른 사람의 인생이 내 인생
경험을 보충해 주는 것 같기도 했다.

아이러니하게도 나로서는 죽어서 이 천국에 온 다음
에야 새로운 인생을 시작한 느낌이 들었다.

"후배 안녕!"

언덕 위에서 혼자 그런 생각에 빠져있는 나를 야마토
군이 불렀다. 조금 뜻밖이었다. 야마토 군이 이 언덕에
올 때는 대체로 누군가와 함께였는데, 오늘은 혼자였기
때문이다. 혼자서는 야구도 할 수 없고, 뛰어다니거나
놀 때도 늘 상대가 필요했다.

나는 오늘 여기서 야마토 군과 만날 약속을 하지는
않았다. 그런데도 야마토 군은 혼자서 여기에 온 것이
다. 언덕 위에 가면 누군가는 있겠지 하는 생각에 혼자
온 것일 수도 있지만.

"야마토 군, 오늘은 웬일로 혼자 왔네."

그렇게 말하자 야마토 군은 시선을 살짝 돌리며 대답
했다.

"그야 나도 가끔은 혼자 있고 싶을 때가 있으니까. 아직 어린 후배는 잘 모르겠지만 말이야."

"아니, 나도 좀 전까지 혼자 있었는데."

내가 반박하자 야마토 군이 고개를 가로저으며 말했다.

"하지만 혼자 있고 싶어서 그랬던 게 아니잖아. 그냥 우연히 혼자였을 뿐이지."

"그게 뭐가 다른데?"

"기분도 분위기도 많이 다르지."

그 말에는 일리가 있다는 생각이 들었다. 그런데 오늘 야마토 군의 분위기야말로 많이 다른 느낌이었다. 평소하고는 말의 온도가 달랐다. 게다가 오늘은 어딘지 날이 선 것처럼 보이기도 했다.

"그럼 야마토 군은 왜 지금 혼자 있고 싶은 기분인 거야?"

단도직입적으로 물었다. 나에게 말을 걸었다는 것은 야마토 군이 하고 싶은 이야기가 있다는 뜻일 테니까.

그리고 내 질문에 야마토 군이 천천히 대답했다.

"아까 아키야마 씨가 그러는데, 이번에는 내 차례래."

"내 차례?"

하고 되묻자마자 바로 그 말의 의미를 알아차렸다. 아니, 좀 더 빨리 눈치 챘어야 했다. 평소하고 이렇게 분위기가 다른 야마토 군이 눈앞에 있었는데…….

"……내 영화가 도착했대."

야마토 군이 지금까지 한 번도 본 적이 없는 표정으로 난처하다는 듯이 웃으며 말했다.

야마토 군의 영화가 도착했다는 소식은 순식간에 천국 주민들 사이에 퍼졌다. 그중에서도 제일 놀란 사람은 아키나 씨와 로베르토 씨였다. 야마토 군이 천국 안에서 워낙 많은 사람들과 알고 지냈데다가 인기가 많았기 때문에, 평소 자주 어울려 다녔던 두 사람에게는 특별히 더 충격적인 소식이었던 모양이다.

"야마토 군도 이제 천국을 떠나는 거네요."

"로베르토, 아까부터 그 말만 벌써 몇 번째야?"

"그야 자꾸 슬퍼지니까 그렇지요……."

"슬프거나, 그런 일이 아니야."

아키나 씨가 로베르토 씨를 위로하듯 말했다.

"아쉽기는 해도 슬픈 일은 아니야. 왜냐하면 야마토 군은 이제부터 다시 태어날 수도 있고, 더 좋은 곳으로 떠나는 거니까."

"아쉽기는 해도 슬픈 일은 아니다……."

로베르토 씨에게 한 말이었지만 아키나 씨의 그 말이 내 마음속도 정리해 주는 것 같은 기분이었다. 지금의 기분을 설명해 줄 더 이상의 적절한 말이 없다는 생각이 들었다.

"영화가 도착하는 타이밍에는 뭔가 기준이 있는 건가요?"

나는 예전부터 궁금했던 의문점을 입에 올렸다. 납득할 만한 이유가 알고 싶었던 것도 있었다.

"글쎄, 난 그런 거에 대해 들어본 적이 없는데. 뭔가 이유가 있어서 선택되거나 하는 수도 있겠지만……."

"그렇군요……."

실제로 어떤 걸까. 생전의 삶을 강하게 후회하던 미치카 씨의 영화가 비교적 빨리 왔다는 점을 보면 뭔가 선택되는 이유가 있을지도 모른다. 이번에도 그 경우에 해당하는지 어떤지는 알 수 없지만.

"야마토 군은 천국에 오기 전에 어떤 식으로 살았을까요?"

내가 중얼거리자 로베르토 씨가 대답했다.

"지금도 활발하게 온 사방을 뛰어다니고 있는 걸 보면 예전부터 친구도 많았고, 인기도 많았던 친구가 아니었을까요?"

아키나 씨가 그 말을 이었다.

"정신없이 여기저기 뛰어다니다가 교통사고를 당해서 여기 온 건가?"

두 사람의 예상에는 고개를 끄덕일 만한 부분이 많았다. 내 생각도 거의 비슷했다. 물론 그 대답의 진위 여부는 야마토 군에게 물어보는 수밖에 없다.

"그러고 보니 어떻게 죽었는지에 대한 이야기는 거의

하는 일이 없었네요."

"그렇지. 그 부분에 대해 개방적인 사람도 있겠지만 기본적으로는 별로 하고 싶은 이야기가 아닐 테니까. 나도 그렇고……."

아키나 씨가 살짝 슬픈 표정을 지으며 말했다. 그 말처럼 나도 아키나 씨가 죽었을 때의 이야기를 들은 적은 없다. 일상적으로 만나서 대화를 많이 하지만 그 부분은 본인이 이야기해 주기 전에 먼저 물어보면 안 되는 금기 같은 것으로 생각하고 있었기 때문이다.

"오노다 씨는 조금 있다가 야마토 군하고 미팅하게 되어 있지 않나요?"

"맞아요. 그러니까 저는 야마토 군한테 여러 가지 이야기를 듣게 될 거예요. 하지만 본인에게 말할 마음이 없는데 제가 억지로 물어볼 일은 없을 겁니다. 게다가 영화 상영을 공개적으로 할지 말지도 아직 모르는 일이니까요."

천국 영화관의 다음 상영에 대해 정해진 점은 아직 아무것도 없었다. 지금까지 영화가 도착했던 사람과 마찬가지로 모든 것은 영화의 주인공인 야마토 군의 의사를 존중할 생각이었다.

솔직히 말하면 야마토 군의 이야기를 듣는 게 조금 두렵기도 했다. 어떤 사실이 숨겨져 있는지도 모르겠고, 내가 정말로 알아도 되는 이야기인지 모르겠다는 생각이 들었다.

나도 이런 기분은 처음이었다. 내가 천국 영화관에서 일하기 시작한 뒤로 이렇게 가까운 사람의 영화를 상영하게 되는 것이 처음이기 때문이다. 아쉬움과 더불어 불안감이 차올랐다. 야마토 군이 다른 사람들과 마지막으로 이별할 때 어떤 모습을 보일지 전혀 상상이 가지 않았다.

그때, 갑자기 뒤쪽에서 목소리가 들려왔다.

"무슨 소리를 하는 거야? 당연히 다 같이 봐야지!"

야마토 군이었다. 보아하니 미팅을 위해 천국 영화관에 온 모양이었다.

야마토 군은 평소와 다름없이 장난기 가득한 얼굴로 웃으며 말을 이어갔다.

"내 영화 상영회는 여태까지 한 번도 본 적이 없을 정
도로 역대급으로 성대하게 해 줘야 돼! 알았지, 후배?"

난처한 표정으로 웃던 아까 그 야마토 군은 이미 어
디에도 없었다.

"이야~, 이제 천국도 너무 지겨워서 짜증난다니까!"

미팅을 진행할 방으로 들어온 야마토 군의 첫마디는
우리가 맥이 빠질 정도로 경쾌했다.

"콜라 맛있다! 역시 영화관에서는 이게 최고지."

"영화관의 단골 메뉴를 찾으신다면 이 팝콘도 같이
드셔 보세요. 이거야말로 빠질 수 없는 메뉴가 아닐까
요? 영화관 냄새는 팝콘 냄새다, 라고 말하는 분들도 있
을 정도니까요."

그렇게 말하면서 아키야마 씨가 통에 든 팝콘을 내밀
었다. 아키야마 씨가 음료 외에 이런 음식까지 준비하
는 경우는 보기 드문 일이다. 하긴, 손님 대접인데 달랑
콜라만 따라주는 것은 너무 소홀하다고 생각했는지도
모른다.

"그러고 보니 어째서 영화관의 단골 메뉴가 팝콘일까요?"

무심코 궁금한 점을 입에 담자 아키야마 씨가 빙긋 웃으며 알려줬다.

"아주 훌륭한 질문입니다. 여러 가지 설이 있지만, 팝콘과 영화의 역사를 바탕으로 대답해 드리겠습니다."

아키야마 씨는 자리에서 일어나더니 손짓을 섞어가며 신이 나서 설명하기 시작했다.

"애초에 팝콘은 영화관에 가지고 들어가는 자체가 금지되어 있었습니다. 초기의 영화관은 '교양 있는 사람들이 모이는 격식 있는 장소'라는 인식이 있었으니까요. 게다가 당시의 영화는 자막만 있을 뿐 모두 무성 영화였습니다. 그러니까 먹을 때 소리가 나는 음식을 들고 들어가는 것을 매우 꺼렸지요. 팝콘이 받아들여지게 된 것은 유성영화, 즉 토키 영화가 유행하기 시작하고 나서입니다. 귀족이 아닌 일반인들까지 영화 감상을 즐기게 되고 나서야 값싸고, 예전부터 다양한 행사장에서 친숙했던 팝콘을 영화관에서도 즐겨 먹을 수 있게 되었습니다. 그리고 또 한 가지 재미있는 이유가 있습니다."

"재미있는 이유?"

야마토 군과 내가 동시에 그렇게 되묻자 아키야마 씨가 이번에는 씨익 웃으며 대답해 주었다.

"영화관의 스크린을 보호하기 위해서지요. 그게 무슨 뜻인가 하면, 당시 미국에서는 비싼 입장료를 내고 영화관에 들어왔는데 영화가 재미없으면 화난 손님들이 스크린을 향해 물건을 던지는 일이 많았다고 합니다. 그럴 때 딱딱하고 위험한 물건을 던지면 스크린을 망가지게 할 우려가 있지만, 부드러운 팝콘이라면 스크린을 손상시킬 일이 없었기 때문이지요."

"우와! 정말 그랬어요? 에이, 설마~!"

아키야마 씨의 이야기를 들은 야마토 군이 깜짝 놀란 표정을 지었다. 사실은 나도 마찬가지로 놀랐다. 스크린에 팝콘을 던지다니, 지금은 생각할 수도 없을 정도로 매너에 위반되는 행위다.

"네, 지금의 영화관과는 완전히 딴판이어서 다양한 일이 있었던 모양입니다. 사실 국내만 해도 얼마 전까지 지금과는 다른 점이 아주 많았지요. 예를 들면 영화 관에 지정석도 없었고, 지금처럼 상영 시간마다 객석 을 비우고 다시 손님을 들이는 식으로 하지 않았기 때 문에 하루종일 영화관 안에 눌러앉아서 같은 영화를 보고 또 보고 할 수도 있었습니다. 거기다 서서 보는 것도 가능했고요. 영화 상영 중에 담배 피우는 사람도 많았습니다."

아키야마 씨가 황당해하는 얼굴로 그렇게 말했다. 그 러더니 약간 그리운 듯한 표정이 되었다.

"그 시대 자체가 전철이나 버스, 혹은 병원이나 학교 등 공공기관에서도 담배를 피울 수 있던 시대였으니까 요. 영화관에서도 마찬가지로 당연하다는 듯이 다들 담 배를 피웠습니다. 연기 탓에 스크린이 흐릿해질 때도 있었지요. 그런데 어떨 때는 영사기에서 나오는 빛이 공기 중의 담배 연기를 비추며 빛의 궤적을 만들어내는 풍경이 신기할 정도로 아름답게 보이기도 했습니다. 게 다가 그런 상황에 대해 불평하는 사람은 아무도 없었지 요. 좋은 의미에서든, 나쁜 의미에서든 태평하고 느슨한 시대였다고 생각합니다."

"흐응……."

야마토 군은 중간에 흥미를 잃어버린 모양이었다. 너무 오래 전의 이야기여서 그런지도 모른다. 하지만 나에게는 매우 흥미로운 이야기였다. 향수를 느끼게 하는 그리움이 그 이야기 속에 있었다. 영사기와 담배 연기가 만들어내는 빛의 궤적이라니……. 내가 그런 광경을 직접 보는 일은 절대 없을 것이다.

"죄송합니다, 말이 너무 길어졌네요. 나이가 들면 이런 점이 문제입니다. 자꾸 옛날이야기를 늘어놓게 되니까요. 자, 원래 이야기로 돌아갑시다. 아니, 애초에 미팅을 시작하지도 않았네요."

그러고 보니 그렇다. 원래 이야기고 뭐고, 처음부터 팝콘과 영화와 담배 이야기만 하고 있었다. 그러면서 아키야마 씨의 영화 사랑을 다시 한번 알게 되었을 뿐이다.

"그런데 미팅이니 뭐니 별로 할 얘기가 없을 것 같은데. 난 영화 상영회에 제한을 둘 생각도 없고, 다들 와서 봐줬으면 하니까. 그냥 신나고, 자유롭고, 뜨르르~ 하니 성대하게 하면 되잖아."

"그래요? 아주 반가운 말씀입니다. 저희도 그런 주문은 오랜만이라 의욕이 막 생기네요."

"오오, 그럼 완전 끝내주는 상영회를 만들어 줄 거지?"

"물론이죠. 기대하셔도 좋습니다!"

"좋았어! 그럼 기대하고 있을게. 후배! 일 제대로 해야 돼! 그리고 나중에 언덕으로 와. 캐치볼 할 거니까. 그럼 난 간다!"

"어? 아……."

야마토 군은 그렇게 자기 할 말만 쉴 새 없이 늘어놓더니, 내가 미처 대답도 하기 전에 방을 나가버렸다. 아직 할 얘기가 많이 남아있는데…….

"그런데 아키야마 씨, 저래도 괜찮은 거예요?"

마음에 걸리는 점이 있었다.

"야마토 군한테 생전에 대한 이야기를 전혀 듣지 못했는데요."

이번에 들은 건 영화 상영회의 규모에 관한 것뿐이었다. 그것 말고는 아키야마 씨가 영화와 팝콘과 담배에 관한 이야기를 했을 뿐이다. 지금까지 이런 식으로 미팅이 끝나버린 적은 한 번도 없었다.

그런데 아키야마 씨는 전혀 동요하지 않고 내 질문에 대답해 주었다.

"괜찮습니다. 영화가 도착했을 때 야마토 군이 직접 말하더군요. 현실 세계에서 자기가 어떻게 살았는지 영화를 보면 알게 될 테니, 그걸 기대해 달라고 했습니다."

"영화를 기대해 달라고요?"

나는 그 말을 어떻게 받아들여야 할지 갈피를 잡을 수 없었다.

"그건 좋은 의미인가요? 나쁜 의미인가요?"

"글쎄요, 실제로 영화를 보지 않으면 알 수 없겠죠. 야마토 군은 생전에 있었던 일을 다른 사람에게 말한 적이 없는 것 같으니까요."

"그랬군요."

"다들 보게 한다고 했으니 그렇게 걱정하지 않아도

괜찮을 겁니다. 일단 우리 천국 영화관 스태프들은 할 수 있는 일을 할 뿐입니다. 야마토 군이 바라는 대로 성대하게 상영회를 열어줍시다."

아키야마 씨가 그렇게 말하는 것을 듣고서야 겨우 마음을 다잡을 수 있었다.

"……네!"

아니, 그렇게 해야만 했다.

야마토 군이 새로운 여행을 떠나는 날이 이미 코앞으로 다가와 있었기 때문이다.

"그쪽으로 갔어!"

"알아."

"알아도 못 잡으니까 그러지!"

"이번엔 잡을 거야!"

"오늘이 마지막인데, 제대로 좀 하자, 후배!"

미팅을 마친 다음 야마토 군의 제안대로 언덕 위에서

캐치볼을 하는 중이었다.

나는 의식해서 일부러 입에 올리지 않았는데, 야마토 군은 아무렇지 않게 '오늘이 마지막'이라는 말을 썼다. 이제는 그 무심한 태도가 허세가 아니라 진짜 밝아진 모습으로 보이기도 했다. 이미 모든 것을 받아들인 사람처럼 느껴졌다.

이전에도 그런 적이 있었는데, 야마토 군은 때때로 어딘가 분위기가 달라진 모습을 보였다. 겉모습이나 평소의 태도와는 다른 어른스러운 면모가 엿보일 때가 있는 것이다. 왜 그렇게 느껴지는지, 나로서는 아직 그 이유를 알 수 없지만 말이다.

"마지막이니까 야마토 군에게 한 가지 물어보고 싶은 게 있는데……."

그리고 이런 때니까, 야마토 군에게 예전부터 물어보고 싶었던 질문을 하기로 했다. 어떤 영화에 대한 것이었다.

"야마토 군은 어떻게 〈시네마 천국〉을 알고 있었어?"

"어떻게는 무슨 어떻게야. 본 적이 있으니까 아는 거

지. 유명한 영화잖아."

"물론 유명한 영화였던 모양이지만 난 본 적이 없거든. 국내 영화도 아니고, TV 명화극장 같은 데에서 틀어 주는 영화도 아니었던 것 같고……."

아키나 씨, 로베르토 씨, 그리고 아키야마 씨가 본 적이 있다는 사실은 납득이 갔다. 하지만 열 살밖에 되지 않은 야마토 군이 좋아하며 볼 만한 영화는 아니라는 생각이 들었다.

"〈시네마 천국〉을 보게 된 건 우리 엄마, 아빠가 좋아하는 영화였기 때문이야."

"엄마, 아빠……."

"응, 엄마랑 아빠가 데이트할 때 〈시네마 천국〉을 봤고, 그걸 계기로 사귀기 시작해서 나중에 결혼까지 한 거래. 그래서 나한테도 보여줬어."

"그랬구나……. 이제 이해가 되네."

생각해 보니 야마토 군에게 가족 이야기를 들은 것은 이번이 처음이었다. 아까 미팅하던 방이 아니라 언덕 위에서 야마토 군의 생전 이야기를 듣게 된 것이다.

"그럼 〈시네마 천국〉은 러브스토리인가 보네."

그 영화가 계기가 되어 교제하고 결혼한 거라면 영화가 그런 장르일 것이라고 짐작했다.

하지만 야마토 군은 고개를 살짝 갸우뚱했다.

"연애 영화라고 보기는 좀 그런데. 그야 특별한 키스 신은 있었지만."

"특별한 키스 신?"

"응, 그야말로 영화사에 길이 남을 것 같은……."

"자, 잠깐만! 거기서 스톱!"

황급히 큰소리로 야마토 군의 입을 막았다. 나에게 최악의 사태가 일어날 위기였기 때문이다.

"스포일러 금지라고! 전에도 말했잖아."

"아, 그러고 보니까 후배는 스포일러 반대파였지?"

"그렇다니까! 요즘에는 거의 스포일러 결사 반대파라고 할 수 있을 정도란 말이야."

사실 아키야마 씨랑 스포일러 시간단축 결사반대 동맹을 맺었을 정도다. 특별한 영화의 결말 이야기를 이런 곳에서 알게 되어서는 안 된다. 야마토 군도 내 태도를 보더니 알아들은 모양이었다.

"뭐 후배 생각이 그렇다면 그 뒤가 어떻게 되는지는 말해주지 않을게. 그래도 앞으로 〈시네마 천국〉을 영화로 볼 기회는 없을 테니까 그냥 내용만이라도 들어두는 게 좋지 않을까 싶지만 말이야."

"그야 그렇겠지만……."

맞는 말이기는 했다. 내용을 스포일러 당하지 않는다 해도 천국에 와 버린 이상 앞으로 내가 〈시네마 천국〉을 영화로 볼 가능성은 없을 것이다. 그러니까 결말도 알 수 없다.

지금이 되어서야 아키나 씨와 로베르토 씨가 영화를 보고 싶다고 말했던 마음을 알 것 같았다. 이 천국 영화관에서 〈시네마 천국〉을 상영해 준다면 얼마나 좋을까. 아마 모두 다 기뻐할 것이다. 그런 기회가 찾아오는 일은 없을지도 모르지만.

그런데 그때 야마토 군의 입에서 뜻밖의 질문이 튀어나왔다.

"후배는 〈시네마 천국〉도 본 적이 없고, 그 유명한 키

스 신도 모르는 것 같은데, 혹시 아직 첫 키스도 못 해
본 거 아냐?"

"처, 첫 키스?"

도무지 떠오르는 기억이 없었다. 아니, 기억 대부분
을 잃은 상태니까 당연한 일이다. 그런데 기억을 잃은
상태가 아니라고 해도 나에게는 그런 경험이 있을 것
같지 않았다.

"그게…… 내가 천국에 온 뒤로 기억이 흐릿하니 생
각나지 않는 게 많아서 잘 모르겠네……. 이걸 기억 상
실이라고 하던가? 그런 거겠지?"

일단은 적당한 말로 얼렁뚱땅 넘어가기로 한다. 일종
의 연막작전이다.

"못 해본 게 맞네."

곧바로 들통났다. 이대로 있으면 너무 모양이 빠지니
까 이번에는 내가 공격에 들어갔다.

"야, 야마토 군도 키스한 적이 없을 거 아냐?"

'당연하지! 난 아직 초등학생이었으니까!' 뭐 이런 식
의 대답이 돌아올 줄 알았는데, 내 예상이 빗나갔다.

"키스를 한 적은 없지만 누가 해준 적은 있는 것 같은데."

"키스를 누가 해 줬다고?"

그게 뭐야? 그런 패턴도 있어?

"어, 그 정도는 당연히 있지."

그렇게 말한 야마토 군이 갑자기 무척이나 어른스럽게 보였다. 그야말로 선배 같은 느낌이랄까.

"대단하네요, 야마토 선배~!"

"하하하! 자, 이제 캐치볼을 계속하자고, 후배!"

또 선배랍시고 잘난 척하며 뻐기는데 그 모습이 전혀 밉지 않았다. 역시 야마토 군이랑 같이 있으면 무척 즐거웠다.

하지만 그런 생각이 들 때마다 이렇게 언덕 위에서 웃으며 지내는 것도 오늘이 마지막이구나 싶어 자꾸만 아쉬운 마음이 들었다.

✳

야마토 군의 영화를 상영하는 날, 천국 영화관은 지금껏 본 적이 없을 정도의 많은 사람들로 붐볐다. 평소에 영화를 보러 오지 않는 사람들까지 온 모양이었다. 야마토 군의 바람대로 성대한 상영회가 될 것 같았다.

영화 상영에 대한 광고가 큰 성과를 거둔 모양이다. 나도 지금은 슬픔보다 야마토 군을 기쁘게 보내주고 싶은 마음으로 가득했다.

"여러분, 천국 영화관에 오신 것을 환영합니다!"

아키야마 씨가 객석을 가득 메운 손님들을 향해 힘차게 선언했다.

오랜만에 상영관이 활기로 가득한 것을 보고 아키야마 씨도 기분이 들떠 있는 듯했다. 천국 영화관 지배인으로서 실력을 보여줄 때였다.

"오늘은 야마토 군의 인생 영화를 상영하는 날입니다! 저희 영화관에서도 오랜만의 만석을 기념하여 손님 여러분께 팝콘을 무료로 제공해 드렸습니다! 부디 느긋

한 마음으로 팝콘을 즐기시면서 영화를 관람하시기 바랍니다. 그리고 오늘은 영화 관람 후에 주인공인 야마토 군이 인사하는 시간까지, 기념시사회처럼 풍성한 이벤트가 마련되어 있습니다! 아무쪼록 엔딩 크레딧까지, 아니 그 이후에도 일어나지 마시고 자리를 지켜주시면 감사하겠습니다! ……자, 그럼 오늘도 인생이라는 영화를 맛보는 시간을 가지겠습니다. 이 즐거운 시간을 극장 안에 계시는 모든 분들과 함께 하시기 바랍니다. 멋진 영화를 즐겨 주십시오. 오늘의 영화 상영을 시작하겠습니다!"

힘이 가득 실린 아키야마 씨의 인사말이 끝나자 극장 조명이 서서히 꺼지더니 주변이 완전히 어두워졌다.

이제부터 야마토 군의 영화가 시작된다. 내 기분이 예전하고 전혀 다른 이유는 사전 정보가 하나도 없는 상태로 영화를 보게 되어서인지도 모른다. 이런 일은 처음이었다. 천국 영화관의 스태프가 아니라 손님과 똑같은 입장으로 영화를 보게 된 것이다.

야마토 군의 인생은 대체 어떤 것이었을까?

그렇게 스크린에 흐르기 시작한 영상은 틀림없이 야마토 군의 인생을 담은 영화였다.

영화의 첫 장면은 병원에서 시작되었다.

그렇다고 야마토 군이 태어난 순간이 나온 것은 아니었다.

아직 아주 어린 나이, 세 살 정도로 보였다.

야마토 군은 병원에 입원해 있었다.

영상에 나온 침대 머리맡에 놓인 짐의 양만 봐도 그 입원이 얼마나 오랫동안 계속되었는지를 금방 알 수 있었다.

야마토 군의 가느다란 팔에 링거 줄이 꽂혀 있는 모습이 몹시 안쓰러워 보였다.

다음 장면에서도 야마토 군은 여전히 병원에 있었다.

다섯 살 정도로 보였다.

창문 밖을 내다보고 있었다. 병원 바로 옆에 있는 공원에서 뛰어놀고 있는 또래 아이를 부러운 눈길로 바라보고 있었다.

그러다가 자신을 바라보는 엄마의 시선을 알아차리고 억지로 웃으며 침대 위에 널려 있던 장난감을 손에 쥐고 놀기 시작했다.

다음 장면이 되어서도 야마토 군은 아직 병원에 있었다.

여덟 살 정도 되었을까?

링거의 수는 줄지 않았다. 아니, 오히려 더 많아진 것처럼 보였다.

침대 윗부분을 일으켜 세우고 아버지와 나란히 앉아 텔레비전 화면을 바라보고 있었다.

비디오를 틀어서 보는 중이었다.

외국 영화였다.

텔레비전 옆에 놓인 비디오테이프의 패키지를 보고, 그것이 〈시네마 천국〉이라는 것을 알았다.

영화 속에 등장하는 초롱초롱한 눈망울의 소년을 야마토 군은 뚫어져라 바라보고 있었다.

토토라고 불리는 소년이 갑자기 나이를 먹은 장면에서 깜짝 놀란 표정을 지었다.

아버지는 그런 야마토 군을 바라보며 미소를 지었고, 그런 다음에 울 것 같은 표정이 되었다.

다음 장면에서도 야마토 군은 병원 안에 있었다.

지금과 비슷하니 열 살 정도로 보였다.

침대도 일으켜 세우지 않고, 그저 꼼짝 않고 누워만 있었다.

산소호흡기 관이 코에 연결되어 있었다.

침대에 누운 채 창문 밖을 바라보고 있었다.

하늘을 날아가는 새가 보였다.

유유히 하늘 높이 나는 새다.

야마토 군은 그 새를 바라보며 부러워하는 표정도 짓지 않고 그저 살며시 웃었다.

그러고 나서 눈을 감더니 천천히 잠들었다.

야마토 군의 시야가 어둠에 휩싸이자 스크린에 비치는 영상도 칠흑같이 어두워졌다.

그리고 엔딩 크레딧이 흐르기 시작했다.

상영관 안은 정적 속에 가라앉아 있었다. 나눠준 팝콘을 입에 넣는 사람은 아무도 없었다. 팝콘을 스크린에 던지는 사람은 물론 단 한 명도 없었다.

그런데 이런 반응은 이 영화가 훌륭했음을 증명하는 것이 아니었다. 다들 견딜 수 없이 씁쓸한 기분을 마음에 품고서 괴로운 표정을 짓고 있었다.

나도 그들 중 한 명이었다. 팝콘 따위로는 해결할 수 없는 기분, 무언가를 이 세상에 퍼붓고 싶은 기분을 주체할 수 없었다. 슬프다기보다 분노와 억울함이 치솟아 오르는 것 같았다.

야마토 군은 인생의 대부분을 병원에서 보내야 했다.

왜?

그렇게 단순하지만, 쉽게 답이 나오지 않는 질문을 던지고 싶어졌다.

왜 야마토 군이? 어째서 그런 일을 당해야 하지?

"……씨!"

이래도 되는 건가?

하지만 이런 일들이, 이런 잔혹한 현실이 지금도 세상 곳곳에서 흔하게 벌어지고 있을 것이다.

야마토 군이 입원해 있던 병실만 해도 비슷한 또래의 아이들이 여러 명 있었다.

야마토 군도 그 아이들을 보며 억지로 자신을 납득시키려 했을까?

'나 혼자만 이런 게 아니니까 할 수 없지'라고 생각하게 되었을까?

간혹가다 어른스러운 말을 불쑥 내뱉는 야마토 군의 태도가 어디서 비롯되었는지 이런 식으로 알게 될 줄이야. 궁금하긴 했지만 이런 식으로 알고 싶지는 않았다. 진실은 너무나도 괴로운 것이었다.

나와 함께 이 자리에서 이 영화를 본 다른 사람들은 어떤 생각을 하고 있을까? 인생은 아주 평범한 것이라고 말했던 스즈키 씨가 이 영화를 봤다면 어떤 생각이 들었을까?

평범한 인생이야말로 정말 행복한 삶이 아닐까?

야마토 군은 스즈키 씨의 영화를 봤을 때 어떻게 생각했을까? 그리고 지금의 야마토 군은······.

"어······?"

주저하면서 안색을 흘깃 살폈는데 야마토 군은 거침없는 눈길로 뚫어지게 스크린을 바라보고 있었다. 모든 운명을 받아들였다든지, 혹은 체념을 해 버린, 그런 표정이 아니었다. 마치 아직도 기대하는 게 있는 듯 희망을 품은 얼굴이었다.

"앗!"

그리고 다음 순간, 어떤 변화가 일어났다.

"이건 무슨······?"

눈앞의 스크린에 엔딩 크레딧과 함께 나온 장면은 천국에 처음 왔을 때 야마토 군의 모습이었다.

꽃으로 뒤덮인 언덕 위에서 야마토 군이 눈을 떴다.

잠시 후, 신기한 듯이 몸을 일으켰다.

자기 몸을 찬찬히 훑어보더니 갑자기 깡충깡충 뛰어올랐다.

그 순간 야마토 군이 활짝 웃었다.

자기 몸이 지금까지와는 너무 달라서 놀란 듯했다.

그리고는 곧바로 주변을 뛰어다니기 시작했다.

뭔가 목적이 있어서 뛰는 게 아니었다.

야마토 군은 그저 달리는 것 자체를 즐기고 있었다.

이런 식으로 뛰어다니는 것조차 살아생전에는 할 수 없었기 때문이다.

자유롭게 움직일 수 있는 육체가 얼마나 좋은지를 마음껏 만끽하는 모습이었다.

지쳐 쓰러질 때까지 자기 몸을 한껏 사용한 후, 야마토 군은 다시 언덕 위에 벌렁 드러누웠다.

야마토 군은 내내 웃고 있었다.

아픔도 괴로움도 없는 세상.

말 그대로 천국이라고 부르기에 손색없는 세계였다.

그런데 아주 잠깐 동안, 야마토 군이 쓸쓸한 표정을 지었다.

자신이 이 장소에 홀로 있다는 것을 깨달은 듯했다.

가슴에 손을 얹고 꽉 쥐었다.

틀림없이 부모님 생각이 났던 것이다.

그런데 그때 한 사람이 다가왔다.

아키야마 씨였다.

그러자 장면이 순식간에 천국 영화관 내부로 전환되면서 배경에 흐르는 음악도 컨트리풍의 밝은 곡으로 바뀌었다.

마치 조금 전의 영상에도 나왔던 〈시네마 천국〉의 토토라고 불리던 소년이 갑자기 나이를 먹은 장면 같기도 했다.

극장 안을 돌아다니는 야마토 군에게 많은 사람들이 말을 걸었다.

야마토 군은 천국 영화관을 방문한 모든 사람과 하이파이브를 하였고, 순식간에 극장의 인기인이 되었다.

신기한 점은 영상에 나오는 천국 영화관 손님들 모두 내가 한 번도 본 적이 없는 사람들이었다는 것이다.

제일 친하게 지내는 로베르토 씨나 아키나 씨도 거기에는 없었다.

그래도 야마토 군은 사람들에게 둘러싸여 매우 행복

하게 지내는 것처럼 보였다.

카페에서 다른 사람들과 함께 커다란 햄버거를 입안 가득히 우물거렸고, 나랑 로베르토 씨하고 같이 했던 야구도 캐치볼뿐만 아니라, 더 많은 사람들과 시합하는 모습이 나왔다.

달리고, 웃고, 다양한 사람과 어울리고, 때로는 동갑 내기 친구도 생기는 등, 야마토 군은 천국을 만끽하고 있는 듯이 보였다.

이 무렵의 장면이 되자 야마토 군의 인생 영화를 보고 있는 극장 손님들 중에 팝콘을 먹거나 웃는 사람들이 생겼다.

야마토 군이 야구 시합에서 홈런을 치는 장면이 나오자 환호성이 터져 나올 정도였다.

그 영화를 함께 보고 있는 야마토 군도, 영상 속의 야마토 군도, 계속 웃고 있었다.

솔직히 말하자면 나도 웃고 말았다.

조금 전까지 나온 장면들과 차이가 너무 심해서 황당했다.

다음 장면에서는 밖에 나가면 지나가는 사람들이 모두 돌아볼 정도로 아름다운 여성 두 사람이 천국에 왔다. 그 두 여성이 카드 게임에 이겨서 주는 상이라면서 야마토 군의 볼에 가볍게 키스해 주었다.

그 키스를 받으며 헤벌쭉해진 야마토 군의 얼굴이 화면 가득 비쳤을 때, 극장 안도 가장 뜨겁게 달아올랐다.

"하하하!"

"좋겠다, 야마토 군!"

"천국 최고 인기남!"

그런 환호성이 터져 나오자, 야마토 군도 손을 흔들며 화답했다.

보아하니 야마토 군이 말한 '누가 키스를 해줬다'는 게 바로 이 일을 두고 말한 것이다.

하지만 이건 '키스' 축에 끼지 못하는 것 아닌가?

이런 경우는 진짜 상상도 하지 못했는데…….

"……하하!"

나도 무심코 웃어버렸다. 웃을 수밖에 없었다. 지금 극장에 모인 손님들 모두가 웃고 있었기 때문이다.

그러다 영상 속에 이제야 로베르토 씨와 아키나 씨도 나오기 시작했다.

아무래도 야마토 군의 천국에서의 파티 장면인 것 같았다.

하지만 그 광경을 보고 놀라움을 감추지 못했다.

왜냐하면 준비된 현수막에 이렇게 쓰여 있었기 때문이다.

'야마토 군 천국 20주년 기념 파티!'

놀랍게도 야마토 군은 천국에서 20년이나 지내 온 것이다.

열 살 때부터 20년, 그러니까 생전과 천국에 와서 지낸 세월을 다 합하면 무려 30년을 살아온 것이 된다.

나는 아직 스물한 살.

천국에서 지낸 시간을 더하면 야마토 군 쪽이 분명히 연상이다.

나를 후배 취급했던 이유도 천국에 머문 기간뿐만 아

니라 현실 세계에서 살아 있었다면 먹었을 나이까지 계산했기 때문이었다.

내가 틀림없이 후배가 맞다.

영상은 파티 마지막에 성대하게 축하받고, 최고의 미소를 보인 야마토 군의 표정이 클로즈업된 부분에서 영화의 엔딩 크레딧과 함께 끝이 났다.

수많은 관계자의 이름이 길게 이어진 엔딩 크레딧이었다.

극장 안에 다시 불이 켜졌다.

극장 안은 터질 듯한 박수 소리와 환호성으로 가득 찼다.

"진짜 좋은 영화였어!"

"완전 복덩이네!"

"고마워, 야마토 군!"

야마토 군은 약간 쑥스러운 듯 두 손을 흔들어 답했다. 마치 실제 영화 시사회에 나타난 인기 주연 배우 같았다.

"야마토 군, 정말 대단하다!"

이런 광경은 지금까지 본 적이 없었다. 상영 후에 박수가 나오는 정도의 일은 종종 있었지만, 이렇게 환호성까지 터져 나온 적은 없었다.

정말 다시없이 훌륭한 결말의 영화를 본 기분이었다.

물론 엔딩 크레딧이 올라가면서 그 옆에서 본편과 다른 영상이 흐르는 영화가 종종 있기는 하다. 성룡의 영화들도 엔딩 크레딧과 함께 NG 장면들을 보여주곤 했다. 내 머릿속에도 그 기억은 남아있었다. 코미디 영화에도, 엔딩 크레딧에 다른 장면을 넣는 일이 종종 있었던 것 같다. 마지막까지 관객을 즐겁게 해 주려는 의도였을 것이다. 그런 영화들처럼 야마토 군의 영화도 특별한 엔딩 크레딧 장면을 넣어 우리에게 보여주었다. 그리고 코미디 영화처럼 관객인 우리를 무척 즐겁게 해 주었다.

"여러분께서도 이렇게 멋진 엔딩 크레딧을 본 것은 처음이리라 생각합니다. 자, 다시 한번 오늘 밤의 주연 배우인 야마토 군에게 큰 박수 부탁드립니다!"

아키야마 씨가 적절한 타이밍에 앞으로 나와 극장 안에 남은 손님들을 향해 소리쳤다.

그러자 다시 한번 큰 박수가 터져 나왔고, 야마토 군은 일어서서 손을 흔들어 인사한 다음 아키야마 씨가 있는 곳으로 걸어갔다.

"그럼 이제 야마토 군의 마지막 인사를 듣겠습니다!"

다시 아키야마 씨가 안내를 하더니 신속하게 자리에서 물러났다.

야마토 군은 극장 안에 있는 모든 손님을 천천히 쭉 둘러본 다음 평소와 다름없는 씩씩한 목소리로 말하기 시작했다.

"……난 여기 처음 왔을 때 진짜 깜짝 놀랐어요. 그냥 평범하게 달리거나 주변을 마구 뛰어다니는 게 이런 느낌이라는 걸 처음 알게 되었거든요. 내 인생이 끝난 다음에 이런 장소가 기다리고 있을 거라고는 생각도 못했어요. 그것만으로도 충분히 행복한데, 여기 와서 많은 사람들을 만날 수 있었어요. 다들 나랑 잘 놀아주고, 매일 같이 웃을 수 있어서 하나도 외롭지 않았어요."

거기서 야마토 군은 숨을 크게 들이쉬고는 픽 웃더니 말했다.

"······그런데 설마 20년이나 여기서 계속 지내게 될 줄은 꿈에도 몰랐지 뭐예요. 아주 즐거웠어요. 여기는 정말 천국이었고, 제일 행복한 시간을 마지막으로 보낼 수 있었어요. 여러분, 오늘은 내 영화를 봐 줘서 고마워요. 나랑 여기서 만나고 함께 있어줘서 정말 정말 감사합니다!"

그렇게 인사를 마친 순간, 극장이 떠나갈 듯한 박수와 환호가 터져 나왔다.

제일 먼저 반응해서 박수를 친 사람은 분명히 나였을 것이다. 그 누구보다 먼저 축복의 마음을 전하고 싶었다.

야마토 군이 웃는 얼굴을 볼 수 있어서 무엇보다 기뻤다. 그리고 그 웃는 얼굴 뒤에 여러 과거가 있었고, 그 모든 일들을 마음속에 품어내고 있었음을 알게 되었다.

지금 야마토 군이 웃을 수 있어서 다행이다.

마지막 순간을 웃으며 맞을 수 있어서 다행이다.

여기 있는 20년 동안 야마토 군이 웃으며 지낼 수 있어서 정말 다행이라고 생각했다…….

야마토 군은 이제 자기가 할 말은 다 했다는 듯이 그대로 내 옆자리로 돌아왔다. 아키야마 씨가 관객에게 마무리 인사를 하는 동안 야마토 군은 나에게만 들리도록 나직이 이렇게 말했다.

"그동안 난 천국에서의 생활을 만끽하면서 지냈지만, 사실 아쉬운 점이 한 가지 있기는 해."

"아쉬운 점?"

내가 되묻자 야마토 군은 아까 관객 앞에서 이야기할 때보다 조금 더 진지한 표정으로 대답했다.

"아빠랑 엄마한테 말이야…… 내가 여기서 이렇게 행복한 시간을 보냈고, 매일같이 뛰고, 웃으며 지낼 수 있었다는 것을 어떤 식으로든 알리고 싶었거든."

"야마토 군……."

"그저 가엾은 인생이었다는 식으로만 생각하지 않았으면 좋겠거든. 난 엄마랑 아빠 사이에서 태어났고, 지금 이렇게 천국에서 즐겁게 지낼 수 있었으니까 좋은 인생이었다고 생각해. 두 사람 사이에서 태어나서 행복했다고, 감사하다고, 씩씩하게 살았고, 웃으면서 지내고 있다고 알리고 싶었는데…… 그렇게 못했다는 게 좀 아쉬워."

그 순간, 지금까지 본 야마토 군의 표정 중에서 가장 어른스러운 표정을 본 것 같았다. 분명 여기서 20년을 살아오면서도 부모님에 대해 계속 생각하며 지냈을 것이다. 도대체 얼마나 아득하게 긴 시간이었을까.

다만 야마토 군이 그 시간을 외롭게 보내지 않고, 천국에서 많은 사람들에게 둘러싸여 지낼 수 있어서 그나마 큰 다행이었다고 생각한다.

나는 야마토 군이 마지막까지 간직했던 마음을, 그 소원을 이루어주고 싶었다.

"내가 야마토 군의 부모님께 그 이야기를 어떻게든 전해볼게. 내가 그렇게 할 거야. 약속할게."

"약속한다고?"

"여기 천국 영화관에서 스태프로 일하고 있다 보면 언젠가 만나게 될 가능성도 있으니까."

내가 한 말에 야마토 군이 쓴웃음을 지었다.

"천국이 얼마나 넓은 줄 알고? 게다가 도대체 얼마나 기다려야 그런 때가 올지도 모르면서! 절대 무리야, 무리!"

그렇지만 이번에는 제대로 웃으며 말했다.

"그래도 고마워, 말만 들어도 기뻐. 그것만으로도 마음속의 무거운 짐이 없어진 기분이야."

"야마토 군······."

"내가 좋은 후배를 뒀네. 고마워, 아키라."

이번에는 나도 함께 웃었다.

야마토 군에게 처음으로 이름으로 불렸다. 그것뿐인데 이상하게 뿌듯한 기분이었다. 나까지 더할 나위 없이 행복한 기분이 들게 해 준 느낌이었다.

"야마토 군, 나야말로 정말로 고마웠어!"

"알았어, 끝까지 질척대지 말라고."

평소처럼 장난스럽게 대답하더니, 야마토 군은 다시 일어서서 극장 안에 있는 모든 사람이 들을 수 있게 큰 목소리로 인사했다.

"다들, 고마웠어요! 인연이 있다면 다시 태어난 곳에

서 또 봐요!"

그리고는 펑크록 밴드의 보컬이 마지막에 날리는 한 마디처럼 이런 말을 남겼다.

"그때까지 안녕~! 다들, 행복한 천국 라이프를 즐겨~!"

야마토 군은 모든 이의 박수를 받으며 극장을 나갔고, 마지막으로 손을 흔들었다.

그것이 끝까지 멋진 인생 선배였던 야마토 군의 마지막 모습이었다.

극장을 나온 뒤에도, 아직 로비에 남아있는 사람들 속에서 자꾸만 야마토 군의 모습을 눈으로 찾게 되었다. 지금까지 야마토 군은 너무도 당연하게 이 장소에 있었으니까 그러는 것도 이상한 일이 아닐지 모른다.

나는 아직 이 천국에 온 지 두 달밖에 되지 않았다. 그러니까 나는 아직 야마토 군이 없는 천국을 알지 못한다. 단 한 사람이 없어졌을 뿐인데 가슴 안쪽에 구멍이 뻥 뚫린 느낌이 들었다. 마치 한 조각만 빠진 퍼즐 같은, 중요한 무언가를 여행지에서 잃어버린 것 같은, 그런 느낌이었다.

그런데 방금 본 영상 속에 뭔가 가슴에 와닿는 부분이 있었다. 병원에 입원한 야마토 군이 나오는 장면이었다. 왠지 어딘가에서 본 적 있는 것 같은 익숙한 느낌의 광경이었다. 물론 내가 생전에 야마토 군과 같은 병원에 있었다는 의미는 아닐 것이다. 다만 이상하게도 병원이라는 장소를 보자, 가슴 속에 찌르르한 아픔이 느껴졌다.

나의 과거와 뭔가 관계가 있었던 것일까? 시칠리아, 혹은 어머니와의 연관성은 전혀 알 수 없다. 게다가 실제로 나의 기억과 관계가 있는지도 알 수 없다.

"오노다 씨."

그때 누군가 내 이름을 부르는 바람에 뒤를 돌아보았다. 물론 거기 있는 사람은 야마토 군이 아니었다. 아키야마 씨였다. 그런데 내 이름을 부르는 느낌이 지금까지와는 너무 달랐다. 그래서 한순간이지만 목소리를 듣고도 누구인지 분간하지 못했다.

처음에는 그저 아키야마 씨도 야마토 군이 떠나버린 것이 슬픈 나머지 기분이 가라앉아서 그러려니 생각했다. 그래서 방금 하던 생각을 접어두고 야마토 군과 한 약속에 대해 아키야마 씨에게 이야기를 해야겠다고 생각했다. 아키야마 씨가 도와주면 틀림없이 그 약속을 지킬 수 있겠다는 생각이 들었기 때문이다.

"아키야마 씨. 실은 제가 야마토 군하고 약속한 게 있어요. 야마토 군이 여기서 웃으면서 행복하게 살았다고, 어머니와 아버지 사이에 태어나서 행복했고 감사했다는 말을 언젠가 두 분을 만나면 꼭 전하겠다고……."

그런데 아키야마 씨는 내 말에 대꾸하지 않았다. 대신에 내가 상상도 하지 못했던 말을 꺼냈다.

"……필름이 왔습니다."

아키야마 씨가 말을 이었다.

"이번에 도착한 필름은 오노다 씨의 영화입니다."

그 말을 듣자, 뻥 뚫렸던 가슴 속의 구멍이 갑자기 알 수 없는 무언가로 억지로 메워진 것 같은 기분이 들었다.

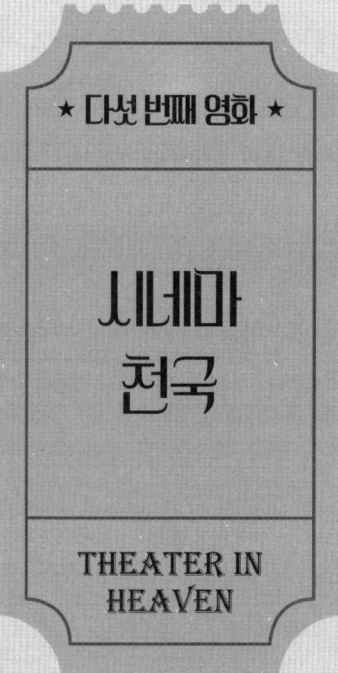

★ 다섯 번째 영화 ★

시네마
천국

THEATER IN
HEAVEN

설마 이 타이밍에 올 줄은 생각도 못 했다.

내 영화가 왔다는 소식을 들은 다음 날에도 머릿속은 여전히 뒤엉킨 상태였다.

천국에 온 지 두 달이 되었다. 이제야 겨우 주변 환경에 익숙해지고, 천국 영화관 스태프로서 하는 일에도 보람을 느끼기 시작한 참이었다.

갑작스러운 소식이 전해진 것은 바로 그때였다. 이곳에서 더 일하고 싶다는 마음을 가지게 되었고 내 자리라고 할 만한 곳을 겨우 찾았다고 생각했는데……. 슬픔이나 외로움보다, 지금은 그저 놀라움이 더 컸다.

아키야마 씨에게 미팅룸으로 불려간 것은, 그렇게 여전히 어쩔 줄 모르며 지내던 오후였다.

✳

"음, 무슨 이야기를 해야 할지, 그동안 많은 손님과 미팅을 진행해 온 저로서도 난감하네요."

그렇게 말한 아키야마 씨가 정말 난처한 표정을 지으며 웃었다. 틀림없이 나도 지금 똑같은 표정을 짓고 있을 것이다. 도대체 어떤 이야기를 해야 할지 몰랐기 때문이다.

"음료는 무엇으로 드릴까요? 그러고 보니 오노다 씨가 어떤 것을 좋아하는지조차 아직 잘 모르고 있었네요. 이제 겨우 두 달 남짓이니까요."

나 자신도 '벌써'가 아니라 '아직' 겨우 두 달이라는 느낌이었다. 어쩌다 천국이라는 곳에 오게 되었고, 어쩌다 천국 영화관에서 일하기 시작했다. 그리고 이제 겨우 하는 일에 익숙해지기 시작해서 보람과 즐거움을 느끼게 된 참이었다. 하필 이때 내 인생 영화가 도착한 것이다.

"음료는…… 이왕이면 그때 그걸로 부탁해도 될까

요?"

"그때 그거요?"

내 요청에 아키야마 씨가 고개를 갸웃거렸다.

사실은 예전부터 마셔보고 싶었던 것이 있었다.

"공예 차요. 처음에 기쿠 할머니에게 내주셨을 때부
터 궁금했거든요."

"그렇군요. 바로 준비하겠습니다."

아키야마 씨가 빙긋 웃더니 자리에서 일어나 물을 끓
이기 시작했다.

"그러고 보니, 이 차를 낸 날이 공교롭게도 연수 마지
막 날이었네요. 그렇게 생각하면 참 감회가 새롭습니다.
겨우 한 달 전 일인데 말입니다."

물이 다 끓자 아키야마 씨는 공예 차가 들어있는 상
자를 꺼내면서 말을 계속했다.

"시간이 쏜살같이 흐르네요. 표면적으로 나이 변화가
없으니, 천국과 현실 세계에서는 시간의 흐름에 대한
감각이 다르기는 하지만요."

그러면서 상자 안의 어느 것을 고를지 잠시 망설이더

니 찻잎 뭉치 하나를 꺼내서 유리 찻잔 속에 넣었다.

"이 공예 차처럼 알기 쉬운 변화가 있으면 좋을 텐데 말입니다."

그렇게 말한 아키야마 씨가 찻잔을 내 앞에 놓더니, 뜨거운 물이 담긴 주전자를 손에 들고 옆에 섰다.

"그럼 이제 뜨거운 물을 따르겠습니다. 찻잔 속에 주목해 주세요. 꽃이 피는 순간을 못 보면 이 공예 차의 가장 아름다운 찰나를 놓쳐버리는 것이니까요. 물론 그렇다고 향기까지 사라지지는 않지만요."

그 말을 마치자마자 아키야마 씨가 뜨거운 물을 붓기 시작했다.

순식간에 찻잔 속의 물이 찻잎 색깔로 물들더니, 잔 한가운데에서 서서히 꽃이 피어나기 시작했다. 선명한 색을 띤 빨간 꽃과 부드러운 색감의 노란 꽃이었다.

"공예 차에 들어가는 꽃에는 다양한 종류가 있고, 어떤 꽃들이 들어있느냐에 차의 이름도 바뀌게 됩니다. 이 차에는 백합과 천일홍이 들어가 있고, '화개길상'이라는 이름이 붙어 있습니다. 꽃말은 '만사대성의 예감'

입니다."

"만사대성의 예감이라……."

그런 말을 들으니 이런 생각이 드는 것을 주체할 수 없었다.

"이미 죽어서 천국에 왔는데 만사대성이라고 하니 어쩌라는 건지 모르겠네요."

쓸쓸하게 웃으면서 그렇게 말하자 아키야마 씨가 고개를 살짝 가로저었다.

"그렇지만도 않습니다. 앞으로 무슨 일이 일어날지는 모르는 거니까요."

아키야마 씨는 미소를 지으며, 찻잔 속에 피어난 꽃을 바라보았다.

나도 잠시 투명한 찻잔 속을 들여다보았다.

참으로 신기한 시간이었다. 찻잎 속에 숨어있던 꽃이 점차 피어나는 모습은 마른 꽃이 다시금 생명을 품는 것처럼 보이기도 했다. 새로운 생명을 가졌다고 해야 할지, 아니면 다시 태어났다고 불러야 할지 모르겠다. 어느 쪽이든, 아름다운 풍경이었다.

그 아름다운 꽃이 핀 찻잔을 들고 한 모금 마셨더니 아키야마 씨가 이렇게 말했다.

"오늘은 이대로 미팅을 끝내는 게 좋겠다는 생각이 듭니다."

그리곤 그 말의 의미를 바로 설명해 주었다.

"여기서는 생전에 관한 이야기를 하게 되어 있으니까요. 그 기억을 대부분 잃어버린 오노다 씨는 할 이야기가 거의 없을 것 같네요."

"그건 그러네요……. 그럼 저도 야마토 군 때처럼 상영 규모만 정하면 되는 건가요?"

"그렇게 되겠죠."

그런 다음에도 아키야마 씨는 어떤 방식으로 상영할지에 대한 질문을 곧바로 하지 않았다. 나를 배려해서 그러는구나, 하고 짐작할 수 있었다. 그래서 내가 나서서 이야기를 끌어가야 한다는 생각이 들었다.

"그냥 어렴풋이 느껴지는데, 아마 제 인생에서는 별로 드라마틱한 일이 일어나지 않았을 것 같아요. 안 그랬으면 더 기억나는 부분이 있었겠죠. 기억의 강렬함이

나 그런 것도 관련이 있을 것 같으니까. 그리고 좋은 영화라고 부를 만한 장면, 보는 사람의 마음에 남는 장면이 하나라도 있을지 그것도 모르겠어요. 어쩌면 그런 게 하나도 없이 무미건조하게 끝나버리는 영화일 수도 있어요."

내 인생 영화에 대한 예감은 계속 그런 식이었지만, 그래도 내 영화가 상영될 때는 이렇게 해야지 하고 정해놓은 것이 있었다.

"그래도 저는 이 천국 영화관에서 일하는 스태프로서 모두가 제 인생 영화를 함께 즐겨주셨으면 좋겠다고 생각합니다."

내가 그렇게 단언하자 아키야마 씨는 내 눈을 똑바로 쳐다보며 고개를 끄덕였다.

"오노다 씨의 생각은 잘 알겠습니다. 영화는 천국 영화관에서 제대로 상영하도록 하겠습니다. 하지만 오노다 씨의 인생 영화가 어떤 내용인지는 영화를 보지 않으면 모르는 겁니다. 마지막까지 어떻게 될지 모르는 일이니까요. 인생도, 영화도."

"하긴 그러네요. 그래서 인생도 영화도 재미있다고 하는 것일 테니까요."

내가 그렇게 맞장구를 치자 아키야마 씨가 미소를 지었다.

이런 말을 할 수 있게 된 것도 여기서 아키야마 씨와 만났기 때문이다.

"네, 그 말이 맞아요. 죽은 다음에 이런 세계가 기다리고 있으리라고 누가 생각이나 했을까요? 정말 마지막까지 무슨 일이 벌어질지 모르는 겁니다."

그러면서 아키야마 씨는 다시 한번 강조하듯이 말했다.

그런데 정말 그렇다는 생각이 들었다.

천국이 진짜로 존재하리라고는 생각지도 못했다.

하물며 그곳에 영화관이 있으리라고 누가 상상이나 했겠는가?

마지막까지 무슨 일이 일어날지 모르는 것이다.

인생도, 영화도······.

✳

미팅이 끝난 후, 로베르토 씨와 아키나 씨가 송별회를 겸해 천국 카페로 나를 초대했다. 두 사람은 여전히 마음을 정리하지 못한 것 같았다.

"나랑 로베르토의 영화가 훨씬 더 빨리 올 거라고 생각했는데. 아직도 도무지 믿어지지 않네."

"저도 깜짝 놀랐습니다. 설마 오노다 씨가 먼저라니……."

두 사람은 내내 멍하니 있었다. 필름이 도착하는 것이 슬픈 일은 아니었지만, 그저 너무 놀랐던 것이다.

이곳에서 영화가 상영된다는 것은 이별을 의미한다. 두 사람은 그토록 사이좋게 지냈던 야마토 군을 떠나보낸 지 얼마 되지 않았다. 떠나는 사람보다 남는 사람이 아쉬움을 더 많이 느끼게 마련인 모양이다.

나와 아키나 씨와 로베르토 씨가 알고 지낸 건 두 달이라는 짧은 기간이었지만, 그동안 많은 시간을 함께 보냈기 때문에 나름 상당히 친하게 지냈다. 내가 없어져도 두 사람이 함께 있으면 걱정은 없겠지만, 언젠가는 둘 중 한쪽이 먼저 떠나게 될 것이다.

어쩌면 두 사람은 그런 앞날을 상상하면서 벌써 쓸쓸함을 느끼는지도 모른다. 나만 그런 게 아니라 로베르토 씨와 아키나 씨도 저마다 말로 꺼내지 못하는 감정을 품고 있었던 것이다.

"이 천국을 떠나면 어떻게 되는지 아키야마 씨도 모른다고 그랬잖아. 다시 태어나는 사람도 있고, 어딘가 다른 곳으로 가는 사람도 있는 모양이라고. 천국은 아주 넓은 곳이라고 했으니까."

"이 천국하고 비슷한 나라가 많이 있다는 말도 아키야마 씨가 했습니다."

나도 그런 말을 아키야마 씨에게 들은 적이 있다. 지구처럼 많은 나라가 있고, 많은 사람들이 있고, 그런 지구 밖으로 광대한 우주가 펼쳐져 있듯이 천국 바깥에 또다른 세상이 있다고 했다. 그중에는 동물들이 행복하게 지내는 무지개다리가 걸린 언덕도 있고, 다시 태어나기 위해 준비하는 곳이나, 현실 세계에 사는 사람들을 만날 수 있는 우윳빛 공간도 있다고 말했다.

이 천국을 떠난 다음에도 우리가 상상하지도 못하는 세상이 기다리고 있다는 뜻이다.

지금 이 천국이라는 장소도 정말로 존재하리라고는 생각지도 못했으니까 말이다.

"난 천국 같은 건 한 번도 상상해 본 적이 없어."

내가 생각했던 것과 똑같은 타이밍으로 그 말을 한 사람은 아키나 씨였다.

"우리 집은 절이었으니까 불교적인 세계관으로 살았고, 그래서 천국 같은 건 전혀 안 믿었거든. 그런데 여기에 왔고, 또 여기를 떠난 다음에 환생할 수도 있다고 아키야마 씨가 말했잖아. 그건 정말 불교적인 사고방식이란 말이지. 그러고 보면 완전 뒤죽박죽이야. 생각했던 것보다 사후 세계가 무척 느슨하고 거대하다는 뜻이지. 실제 사회랑 비슷해. 크리스마스를 축하하고, 절에서 제야의 종을 울리고, 새해에 신사에 첫 참배를 하러 가는 그런 느낌인 거지."

"진짜 그런 것 같네요."

듣고 보니 그 말대로 매우 어중간한 상태에 살아있다
는 생각이 들었다. 현실 세계도, 사후 세계도 별 차이가
없다는 뜻일까?

"하긴 그래도 이런 세계가 있어서 마음의 구원이 된
다는 점은 분명한 것 같지만 말이야."

"구원……이요?"

내 물음에 아키나 씨는 평소에 생각했던 바를 쏟아내
듯 설명했다.

"그래, 야마토 군의 영화를 봤을 때 그런 생각이 들었
거든. 야마토 군 같은 아이들이 구원을 받으려면 죽은
다음에 이런 세계가 반드시 존재해야 하는 거지. 그렇
게 고생했는데 죽어서 소멸하고 끝, 이러면 너무한 거
잖아. 이런 세계가 여기 이 천국 하나만이 아니라 다양
하게 있다는 사실을 알고 나서 적어도 나로서는 마음에
구원을 받은 느낌이었어. 현실 세계에서 힘들게 살다가
죽은 사람에게는 사망 후에 이런 세계가 존재한다는 것
이 일종의 구원이 될 거라고 생각해."

아키나 씨는 어딘가 먼 곳을 바라보는 얼굴로 말을

이어 나갔다.

"현실에 남겨진 사람들에게도 마찬가지야. 사랑하는 사람이 죽은 다음에 이런 세상에서 잘 지내고 있다는 걸 알면 조금은 마음이 편해질 수 있지 않겠어? 그렇잖아? 기적이 일어나서 아픈 사람이 갑자기 다 낫는 건 픽션에서나 볼 수 있지, 현실은 전혀 아니잖아. 실제로 소중한 사람을 잃은 사람 입장으로 보자면 그런 이야기는 아무짝에도 쓸모가 없지. 그에 비하면 이런 세상이 있을지도 모른다고 생각하는 편이 훨씬 위로가 될 거야. 죽은 다음에라도 보상을 받아야 하는 거 아냐? 생전과 사후의 인생을 통틀어서 수지를 맞춰 줘야지. 물론 플러스마이너스 제로는커녕 완전히 손해라는 생각이 들지만, 그래도 하다못해 이런 식으로라도 야마토 군 같은 아이들에게 특별한 시간을 주어야 한다고 생각해……."

아키나 씨의 말에 내가 고개를 크게 끄덕였다.

"저도 전적으로 동의해요."

나보다 더 오래 이곳에 있었기 때문에 아키나 씨 나

름대로 해답을 찾았구나, 하는 생각이 들었다. 이렇게 신기한 세상에 오게 된 뒤로 이런 세상이 존재해야 할 이유를 수도 없이 생각했을 것이다.

그때 로베르토 씨가 뭔가 생각난 듯 이렇게 말했다.

"그렇다면 죽기 전에 이런 곳이 있다는 사실을 알 수 있으면 그게 제일 좋을지도 모르겠네요."

그 말에 아키나 씨가 고개를 갸웃거렸다.

"음~, 그건 한 마디로 단정 짓기 힘들지 않을까? 왜냐하면 천국이나 이런 장소가 확실히 있다는 것을 알게 되면 죽는 게 겁나지 않을 테고, 그러다 보면 자살하는 사람이 늘어날 수도 있으니까. 누군가가 죽은 다음에 자기도 따라 죽는다든지."

그 말에 로베르토 씨가 아하, 하고 쓴웃음을 짓더니 "하긴 그러네요⋯⋯" 하고 중얼거리듯 맞장구를 쳤다.

"그러니까 결국 이 정도가 딱 좋은 거라고 생각해."

그 말에 나는 다시 고개를 끄덕인 뒤에 말을 덧붙였다.

"어쩌면 천국이 존재할지도 모르고, 거기서는 죽은 사람들이 행복하게 살고 있을 것이다. 그렇게 생각하는 정도면 된다는 거죠? 완전한 사실보다는 애매한 바람으로 남겨두는 편이 남겨진 사람들에게는 마음의 위로가 될 수 있다고 저도 생각해요. 그런 모습을 머릿속으로 상상하면 마음이 편해질 테니까요."

그 말을 한 다음 나는 두 사람을 똑바로 바라보며 말을 이었다.

"그러니까 제가 이 천국을 떠난 다음에도 잘 지내고 있으려니, 하고 생각해 주세요."

"오노다 군……."

"야마토 군도 틀림없이 그럴 거예요. 그리고 지금까지 이곳을 떠난 사람들 모두 그럴 겁니다. 저도 그쪽에서 그렇게 생각할게요. 아키나 씨랑 로베르토 씨도 이쪽에서 잘 지내겠지, 하고 말이에요. 그리고 다시 태어나서 어딘가에서 또 만날 수도 있을 거라고 생각하겠습니다. 제가 이런 생각을 할 수 있었던 건 이 천국 영화관에 올 수 있었기 때문이에요. 여기 올 수 있어서, 여기서 모두를 만날 수 있어서 정말 다행이라고 진심으로 생각해요. 아키나 씨의 말을 빌리자면 저는 이곳에서 구원을 얻은 거죠. 이 세상을 좀 더 믿어도 되겠구나, 하는 생각이 들었어요."

"오노다 씨……."

"아이참! 영화도 보기 전에 눈물 나게 하면 어떡해?"

말은 그렇게 하면서도 아키나 씨의 눈에는 눈물이 보이지 않았다. 그렇지만 이 작별을 특별하게 여기고 있는 것은 확실해 보였다.

"보고 싶을 거야."

"그렇지만 잘 지내고 있겠습니다."

로베르토 씨가 덧붙이며 싱긋 웃어서 나도 덩달아 미소를 지었다.

"그럼! 다들 잘 지낼 거야. 여긴 천국이니까."

아키나 씨가 물컵을 들어 올려서 우리도 같이 컵을 들어 부딪치자 쨍하는 가볍고 경쾌한 소리가 천국 카페 안에 울렸다.

❀

다음 날은 아키나 씨와 로베르토 씨 외에 이곳에서 알고 지냈던 사람들을 만나러 다녔다. 비록 두 달 남짓한 시간이었지만 천국 영화관의 스태프로서 일한 덕분에 꽤 많은 사람들과 알고 지낼 수 있었다.

한차례 인사를 마치고 돌아온 곳은 저녁노을이 잘 보이는 언덕 위였다.

"후우……."

내일이면 내 인생을 보여주는 영화가 상영된다.

지금도 무척 신기한 기분이다. 이곳에 온 것도, 이곳에서 누군가를 떠나보낸 것도, 그리고 이제 내가 떠날 차례가 된 것도 여전히 꿈속의 일 같았다.

오늘도 석양이 천천히 구름바다 쪽으로 다가가고 있었다.

이 환상적인 풍경을 보는 것도 오늘이 마지막이다.

천국에서 가장 오랜 시간을 보낸 곳은 물론 천국 영화관이었지만, 그 다음으로 오랜 시간을 보낸 곳은 바로 이 언덕 위다. 이곳에 오면 자연스럽게 떠오르는 사람의 얼굴이 있다. 아키나 씨와 로베르토 씨, 그리고 야마토 군······.

야마토 군은 항상 여기에서 뛰어다녔다. 캐치볼을 하는 일이 제일 많았지만, 그저 언덕을 뛰어다니는 것만으로도 즐거워 보였다. 그 이유를 야마토 군의 인생 영화를 보고 나서야 비로소 알 수 있었다.

이곳에서 햇빛을 받으며 항상 밝게 웃던 야마토 군의 그 눈부신 웃음을 나는 결코 잊을 수 없을 것이다.

야마토 군은 이 장소에서 행복하게 살았다.

······ 이곳은 정말 천국이다.

아픔도 괴로움도 없는 따뜻하고 부드러운 세계.

이곳에 온 사람들의 생전의 삶은 참으로 다양했다.

다정한 부부로 행복한 인생을 산 사람이 있었다.

무미건조한 삶인 것 같아도 그 속에서 인상적인 하루를 보낸 사람이 있었다.

고통스러운 후회를 안고 살았던 사람이 있었다.

현실 세계에서는 자유롭게 뛰어다닐 수도 없었던 소

년이 있었다.

그럼 나는 도대체 어떤 식으로 현실을 살았을까?

아직도 그 기억을 제대로 되찾지 못했다. 그렇지만 다른 사람의 영화를 볼 때마다 느낀 감정들 때문에 어느 정도 짐작이 가는 부분이 있다. 시칠리아의 기억, 어머니에 대한 사랑, 그리고 병원이라는 장소. 이 세 가지가 어떤 연결고리로 엮여 있다는 느낌이 들었다. 그러나 그것이 기억의 전모를 밝혀주지는 않았고, 연관성이 무엇인지도 알 수 없었다. 게다가 어쩌면 전혀 상관이 없을 가능성도 있다.

다만 내 인생의 영화는 엔딩 자막이 나올 때 박수갈채가 터져 나오는 그런 대단한 영화는 아닐 것이다. 그 점만큼은 확신에 가까운 예감이 들었지만 그래도 상관은 없었다.

나는 이곳에서 충분히 행복한 시간을 보냈다. 그러니까 지금까지 이곳을 떠난 사람들처럼 나도 평온한 마음으로 새로운 세계를 향해 떠나야 한다고 생각했다. 여기서 보낸 시간 덕분에 나도 그렇게 할 수 있다는 확신을 얻을 수 있었다.

"예쁘네······."

운해 속으로 가라앉는 석양을 보면서 나도 모르게 중
얼거렸다.

부드럽게 사라져가는 마지막 빛이 눈앞에 다가온 나
의 새로운 출발을 축복해 주는 것 같았다.

영화 상영일이 되었다.

내가 생각했던 것보다 훨씬 많은 사람이 모였다. 야
마토 군의 영화를 상영했을 때만큼은 아니지만 그래도
내 영화를 보고 싶어 하는 사람이 이렇게 많을 줄은 몰
랐다.

북적이는 사람들을 보자 나도 모르게 약간 긴장되었
다. 지금까지 천국 영화관 스태프 입장으로 있을 때는
눈앞의 일을 처리하느라 정신이 없었다. 이곳을 떠나는
사람을 위해 조금이라도 좋은 상영회를 열어주려는 마

음으로 열심히 일했기 때문이다.

하지만 오늘은 다르다. 내 영화가 상영되는 날이다.

오늘이라는 날이 끝났을 때 내가 어떤 감정을 느낄지는 아직 상상이 되지 않았다.

"오노다 군, 릴렉스 릴렉스!"

그때 로베르토 씨가 다가와 진정시키려는 듯이 말을 걸었다. 긴장 때문에 내 표정이 굳은 것을 알아차린 모양이었다.

"자기 영화가 상영된다고 생각하면 묘한 기분이 들기는 하겠다. 물론 내가 그 입장이 되어 본 적은 없으니까 확실히는 모르지만."

그 옆에는 아키나 씨가 있었다. 아키나 씨도 내 긴장을 풀어주려고 그런 말을 한 것 같았다.

"로베르토 씨도 아키나 씨도 와주셔서 고마워요."

"무슨 말을 그렇게 해? 당연히 와야지. 그리고 우리 말고도 이렇게 많은 사람들이 왔네. 다행이야."

"멋진 상영회가 되기를 바랍니다."

"네, 그렇게 되었으면 좋겠어요."

"굳이 그렇게 열심히 기원하지 않아도 그렇게 될 거야. 자, 들어가자."

그렇게 말하며 아키나 씨가 앞으로 손을 내밀었다. 평소의 나라면 이대로 로비에 남아서 손님들을 안내하는 역할을 하고 있었을 것이다. 하지만 오늘은 그럴 필요가 없다는 사실을 아키나 씨도 알고 있었다. 오늘은 나도 손님인 것이다.

극장 안에 들어가 보니 미리 들어온 손님들로 좌석이 거의 다 찬 상태였다. 그러나 영화가 제일 잘 보이는 가운데 통로 바로 뒤의 좌석 네 자리만 비어 있었다. 그 자리는 우리를 위해 비워둔 것 같았다. 나와 아키나 씨와 로베르토 씨까지 세 사람이 앉았고, 이제 한 자리 남았다. 그 자리에 앉을 사람은 당연히 아키야마 씨였다.

조금 후에 아키야마 씨가 극장 안으로 천천히 들어왔다. 그리고는 통로 한가운데에 서서 평소처럼 인사말을 시작했다.

"오늘 이 자리에 오신 여러분을 환영합니다. 오늘은 매우 기념이 되는 특별한 영화를 상영하는 날입니다.

그것은 바로 저희 천국 영화관의 스태프로 일하는 오노다 아키라 씨의 인생을 담은 영화입니다. 지금까지는 스태프로서 다른 분들의 영화를 지켜보고, 주인공을 보내 드리는 역할을 해 왔는데, 이번에는 떠나는 입장이 되었습니다. 그렇게 보면 우리는 언제 이곳을 떠나게 될지 전혀 예상할 수 없다는 생각이 듭니다. 이런 일은 갑작스럽게 찾아오게 마련입니다. 그렇기에 헤어질 준비를 평소에 해 두어야 하는지도 모르겠습니다. 그렇다고 언제 헤어져도 상관이 없다는 식으로 여기며 사는 것도 너무 쓸쓸하다는 생각이 듭니다만⋯⋯. 그래도 이 이별은 슬픈 것이 아닙니다. 길을 떠나는 사람처럼 새로운 세상으로 나아가는 것이기도 하니까요. 그러니 이제 새로운 곳으로 떠나게 될 오노다 씨를 위해서라도 여러분께서는 부디 이 영화를 즐겨주시기 바랍니다. 이시간을 만끽해 주십시오. 영화를 보며 자신의 인생을 떠올려 주시기 바랍니다. 누군가의 인생을 되짚는다는 것은, 자신의 인생을 되돌아보는 것이기도 합니다. 그래서 영화가 좋은 겁니다. 인생은 영화같고, 영화는 인생 같은 것이니까요……. 그러면 지금부터 오노다 아키라 씨의 인생을 상영합니다!"

아키야마 씨의 특별한 인사가 끝났다. 솔직히 말하자면 내 영화를 상영할 때 어떤 말을 해 줄지 항상 궁금했다. 아키야마 씨가 상영 전에 관객을 향해서 하는 인사말은 그때그때 달랐기 때문이다. 그래서 나를 위해서 어떤 인사를 해 줄지는 이 순간까지 알 수가 없었다. 그런데 아키야마 씨가 오늘 해 준 인사는 매우 감명 깊게 다가오는 말이었다.

나는 지금까지 다른 사람들의 인생 영화를 보면서 거기에 내 인생을 겹쳐 보곤 했다.

그리고 내 인생이 어떤 것이었는지 떠올리려 했다.

오늘은 다르다.

지금부터 이 천국 영화관에 있는 관객과 함께 내 인생을 바라보게 된다.

이윽고 극장 안이 점점 어두워지면서 내 인생을 담은 영화가 시작되었다.

나는 기억 대부분을 잃어버린 상태였기에 스크린에 나오는 내 과거의 영상은 하나같이 신선했다. 그리고 충격적이었다.

부모님은 사이가 무척 나빴다. 육아를 비롯해 하나부터 열까지 모든 일에 대해 다퉜고, 아마도 내가 뱃속에 있을 때부터 부부 사이에 문제가 있었던 것 같았다. 그 갈등과 상처는 도저히 해결할 수 없을 정도였기에 서로가 용납이 되지 않았던 두 사람은 내가 돌이 되기도 전에 이혼했다.

이혼 후, 어머니가 나를 키우게 되었지만, 아들을 사랑해서 양육을 맡은 것이 아니었다. 그래서 어머니는 무슨 일이 있을 때마다 어린 나를 지독하게 혼내며 화풀이를 했다. 나를 볼 때마다 아버지가 떠올라서 꼴도 보기 싫었던 모양이다. 그리고 어머니가 재혼한 뒤로는 재혼 상대인 남자가 나에게 폭력을 휘두르게 되었다.

끔찍한 이야기로 시작되는 바람에 객석은 물 끼얹은

것처럼 조용해졌다. 나도 두 눈을 의심할 정도였지만 아직 시작 부분일 뿐이었기에 희망은 있었다. 신데렐라를 비롯한 많은 이야기가 주인공의 힘든 처지와 고생을 보여주는 것으로 시작하기 때문이다.

어머니는 재혼 상대인 남자에게 미움을 받지 않으려는 마음에 필사적으로 비위를 맞추며 살았다. 나는 어린 나이에 어머니가 아들인 나보다 재혼 상대인 남자를 더 사랑한다는 사실을 알게 되었다. 어머니가 내 편이 되어주지 않는다는 사실에 절망하는 가운데 학교생활도 어둡고 우울했다.

회색이라기보다 무색투명에 가까운 것이었다. 심한 괴롭힘을 당한 적은 없어도 나는 언제나 외톨이였다. 친구도 없었고, 연인은 당연히 없었다. 학교 선생님들도 음침한 분위기의 나를 꺼려하는 것처럼 보였다.

절망적이고 어두운 이야기가 계속되었다. 이게 TV 속에 나오는 드라마라면 '이딴 걸 어떻게 계속 보겠냐'라며 꺼버렸을 정도로 마음이 힘들었다. 사실은 나도 계속 보고 싶지 않았다. 그런데도 여전히 스크린에서 눈길을 떼지 않을 수 있었던 이유는 아직도 희망이 남아 있었기 때문이다.

영화 속의 나는 아직도 포기하지 않았다. 집안에서도, 학교에서도, 고독한 가운데 홀로 노력을 계속해 나갔다. 대학에 들어갈 때도 제1지망은 떨어졌지만 제2지망 학교에 입학할 수 있었다. 어머니 곁을 떠나는 것으로 집안 문제는 일단 해소되었다.

여기가 인생의 갈림길이구나, 하는 점을 영화를 보며 금방 알아차렸다.

이제 취업이 관건이었다. 여기서 성공해서 원하는 회사에 들어갈 수 있으면 지금까지의 인생을 뒤집고 모든 것이 성공으로 이어질 것으로 보였다. 지금까지 20년 가까이 땅바닥을 기는 것 같은 삶이었기에 이제부터는 환하게 밝은 인생길을 걸어가는 게 당연하다고 생각했다.

기도하는 마음으로 화면을 뚫어지게 바라보았다. 단

하나라도 좋으니 보상받는 장면이 있었으면 좋겠다. 이대로 끝나지 마라, 제발!

대학 4학년 봄, 드디어 성공을 거머쥐었다.

이번에는 제2지망이 아닌 제1지망의 회사였다. 이제부터 인생 역전이 시작되는 것이다. 지금까지 살아온 어린 시절, 그리고 학생 시절보다 앞으로 훨씬 길어질 사회생활. 그 긴 시간을 최고로 멋지게 보낼 수 있는 권리를 나는 손에 넣었다.

지금부터 인생이 바뀐다. 이제까지와는 비교할 수 없을 정도로 화려한 생활이 기다리고 있을 게 틀림없다.

대학의 마지막 여름 방학에는 시칠리아에 놀러 가서, 스즈키 씨의 영화에 나왔던 바닷가 장면처럼 누군가의 마음을 울릴 만한 명장면을 만들어 내겠지. 그런 광경이 단 하나라도 나온다면 그걸로 충분하다. 그것만으로도 보상을 받은 거나 다름없다. 그렇게 되면 화면 속의 나를 향해 박수를 보내주자. 분명 이 극장 안에 모인 모든 사람도 그렇게 해주겠지.

그런 생각을 하는 찰나에 비극이 일어났다.

"앗!"

화면을 바라보던 내 입에서 무심코 탄성이 흘러나왔다.

다음 순간, 내 몸이 신호를 무시한 차에 치여 날아가버렸기 때문이다.

음주 운전이었다.

제1지망 회사에서 합격 통보를 받고, 바로 그다음 주에 일어난 일이었다.

영화 속 구급차 소리가 극장 안에 크게 울려 퍼졌다.

내 몸이 들것에 실려 중환자실로 급히 옮겨지는 게 보였다.

그리고 병실 침대로 옮겨졌다.

내 몸에는 수많은 관이 연결되었다.

20여 년 인생에서 드디어 얻은 행복이 겨우 일주일 만에 그렇게 허무하게 막을 내렸다.

사고 현장은 특별한 점이라고는 전혀 없는 평범한 거리였다.

다만 그 길 바로 앞에 이탈리안 레스토랑 하나가 있었다.

가게 이름은 '시칠리아'였다.

그 후로 여러 날이 지났다.

병원 침대 위의 나는 의식이 돌아오지 않았다.

나를 부르는 소리에도 아무런 반응이 없었다.

침대 위에서 눈을 뜨는 일도 없었다.

영상은 그대로 새까만 어둠 속으로 가라앉아 버렸다……

스크린에는 엔딩 크레딧이 흐르기 시작했다.

나도, 그리고 극장에 모인 관객들도 그저 기도하듯 앉아 있었다. 야마토 군의 영화 때처럼 다른 사람들과 함께 행복하게 사는 영상이 나오지 않을까 기대했기 때문이다.

하지만 그런 일은 일어나지 않았다.

덤덤하게, 글자들만 무심히 흘러갈 뿐이었다.

극장 안은 내가 지금까지 전혀 경험해 보지 못한 수
준으로, 쥐 죽은 듯이 고요했다.

그렇게 많은 사람이 모여 있는데도 극장 안에 아무도
없는 것처럼 느껴졌다.

영화관 안에 나 혼자 있는 것 같았다.

차라리 그랬으면 좋겠다는 생각이 들었다.

다른 사람들이 이 자리에 없기를 바랐다.

이런 영화를 보게 하고 싶지 않았다.

너무나도 비참하고, 불쌍하고, 절망적인 이야기였기
에…….

"으으……."

영화 속에는 행복한 장면이 하나도 없었다.

마음에 남을 만한 소소하지만 기분 좋은 장면조차 없
었다.

소중한 누군가와의 깊은 인연도 없었다.

엔딩 크레딧에도 구원이 없었다.

지금 느끼는 감정은 분노나 원망이 아닌 부끄러움이

었다.

순진하게도 나는 내 인생의 영화에 대해 어느 정도 기대를 품고 있었다.

지금까지 여기에 온 사람들의 인생 영화가 다 그랬으니까.

나도 천국에 왔으니, 나름 괜찮은 인생을 살지 않았을까 하는 기대를 마음 한구석에 가지고 있었다.

그런데 그 소원은 너무도 허망하게 배신당했다.

어머니의 사랑 따위는 내 인생과 아무런 관계가 없었다. 오히려 정반대였기에 어머니의 사랑을 그린 장면을 봤을 때 가슴에 와닿는 느낌이 있었던 것 같다. 그건 그저 아픔이었다. 그런 부모 자식 관계가 마냥 부러워서 그랬던 것이다.

아이러니하게 딱 맞아떨어진 것은 병원이라는 장소와 관계가 있다는 점뿐이었다. 그것도 이야기의 마지막 장면이다. 모든 감정을 배제한 듯 처절하리만치 무미건조한 장면이었다.

더구나 '시칠리아'는 차에 치여 몸이 날아가면서 마

지막으로 시야에 들어온 가게의 이름이었다. 그래서 주마등처럼 기억하고 있었다. 그것뿐이었다.

이렇게 말도 안 되는 일이 있을 수 있다는 사실을 처음으로 알았다.

아니, 인생을 비웃음당한 기분이 들었다.

너무도 비참한 결말의 영화가 끝났다.

지금까지 이 영화관에서는 다양한 사람들의 다양한 영화가 상영되었다. 그래서 이렇게 고독한 인생을 살아온 외톨이의 영화도 상영되었을 뿐이다.

나의 허망함에 결정타가 된 것은 엔딩 크레딧에 나오는 이름들이 너무나 적다는 사실이었다. 얼마나 인간관계가 희박했으면 나오는 사람이 이렇게도 적을 수 있다는 말인가? 외톨이로 살아왔다는 사실이 여기 있는 모든 사람 앞에서 새삼 폭로되는 기분이었다.

"윽……!"

사라져 버리고 싶었다.

이곳에 있는 것이 고통스러웠다.

1초라도 빨리 이 장소를 떠나고 싶었다.

영화가 끝나고 주위가 밝아졌을 때 여기 있는 사람들의 표정을 보고 싶지 않았다. 보나마나 다들 불쌍해하는 눈길로 나를 쳐다볼 것이다. 그럴 바에야 차라리 지금 여기서 끝내고 싶었다. 작별 인사도 없이 이 장소에서 사라져 버리고 싶었다.

자리에서 일어섰다. 극장 안이 밝아지기 전에 이 장소를 떠나기 위해서였다.

그런데 살그머니 한 발을 내디디려는 순간 옆에서 목소리가 들렸다.

"오노다 씨."

내 이름을 부르는 사람이 있었다. 아키야마 씨였다.

아키야마 씨는 나를 보고 정색하며 단호하게 말했다.

"엔딩 크레딧이 끝날 때까지 자리에서 일어나면 안 됩니다."

영화관의 지배인으로서 영화 상영 중의 매너를 지적하는 것인지, 아니면 다른 뜻이 있는지, 나로서는 알 수 없었다.

"아키야마 씨……?"

그런데 아키야마 씨의 표정이 전에 없이 너무도 진지해 보여서 도로 자리에 앉을 수밖에 없었다.

그렇게 주의를 받는 바람에 창피한 마음이 아까보다 더 심해졌다.

옆에 있던 아키나 씨와 로베르트 씨도 그 광경을 봤을 것이다. 하지만 어떤 표정을 짓고 있는지 확인할 엄두가 안 났다. 눈을 마주치는 게 두려웠다.

하는 수없이 다시 한번 스크린을 응시했다. 아무것도 변하지 않았다. 무미건조한 글자가 계속해서 흐르고 있었다. 내가 관객이었다면 팝콘을 내던졌을 것이다. 그 정도로 심한 졸작이었다.

이윽고 이 처참한 이야기의 마지막 자막이 스크린 위를 지나갔다.

이것으로 정말 끝이었다.

내 인생은 이런 결말이었구나.

하지만 이제 정말 끝낼 수 있다.

자리에서 일어나자.

이제 아키야마 씨에게 꾸중을 들을 일도 없다.

이 쓰디쓴 인생의 영화는 이미 막을 내렸으니까……

그렇게 생각했을 때였다.

"어?"

어떤 영상이 스크린에 떠올랐다.

"이것은……?"

내 영화의 마지막 장면이었던 병원의 모습이 다시 영상에 나왔다.

엔딩 크레딧이 다 끝난 뒤에 이렇게 새로운 영상이 나오는 건 지금까지 본 적이 없었다.

어쩌면 실제 영화관에서는 흔히 있을 법한 광경인지도 모른다.

영화 본편이 끝나고 엔딩 크레딧까지 다 올라간 뒤에 영화 뒷이야기나 속편을 암시하는 그런 특별 영상이 나올 때가 있다.

마지막의 그 뒤에야…….

영상 속의 나는 침대 위에 누워 있었다.

아까와 전혀 달라지지 않은 모습처럼 보였는데 거기에 변화가 생겼다.

"아……!"

옆에 놓인 의료 기계의 바늘이 요란하게 흔들리는 순간, 침대 위의 내가 천천히 눈을 떴다.

옆에 있던 간호사가 깜짝 놀라며 의사를 불렀다. 의사가 의식을 확인하기 위해 질문을 시작했고, 나는 거기에 답했다.

마치 기적이 일어난 것 같았다.

다음 장면에서, 나는 침대 위에 일어나 있었다.

그 이후로 조금씩 재활치료가 시작되었다. 자리에서 일어나는 법, 혼자서 걷는 법 등을 아기처럼 조금씩 다시 익혔다.

그 뒤에 나온 장면에서 나는 대학에 복학해 다니고

있었다. 새로운 삶을 살면서 나에게 심경의 변화가 일어난 모양이었다. 그래서 친구도 생긴 것 같았다.

그렇게 얼마 후에 대학을 졸업하고, 새롭게 사회인으로 살아가는 인생을 향한 한 발짝을 내디뎠다.

밝은 미래가 기다리고 있음을 암시하는 부분에서 이제 정말로 영상이 끝나고, 극장 안이 밝아지기 시작했다.

"방금 그건……?"

한순간, 무슨 일이 일어난 건지 알 수 없었다. 하지만 분명한 사실은 엔딩 크레딧 뒤에 나온 영상이 과거가 아닌 미래를 보여주었다는 것이다.

내가 대부분의 기억을 잃은 상태였어도 그 정도는 알 수 있었다.

머릿속은 아직도 일종의 패닉 상태였다.

그런데 그때, 극장 안에서 작은 박수 소리가 들렸다.

"어……?"

박수 소리가 점차 커지고 있었다.

"이게……!"

이윽고 극장 안은 엄청난 크기의 박수 소리로 가득 찼다.

"아아……!"

나는 자리에서 일어나 극장 안을 둘러봤다. 상영관 안에 있는 모든 사람이 나를 향해 박수를 보내고 있었다.

상상조차 해 본 적 없는 광경이었다. 내 인생에 이런 순간이 찾아올 줄은 꿈에도 몰랐다. 무엇이 어떻게 된 것인지, 여전히 완전히 이해하지 못한 채 멍할 뿐이었다. 엔딩 크레딧 뒤에 흘러나온 그 영상은 대체 무엇이었을까?

해답은 아키야마 씨가 알려주었다.

"오노다 씨, 당신이 이 천국에 온 데에는 아무래도 여러 가지 착오가 있었던 것 같습니다."

"네? 착오요?"

"네. 오노다 씨는 교통사고를 당해서 병원에 실려 갔는데, 그대로 혼수상태에 빠졌습니다. 그렇게 신체와 정신이 불안정한 가운데 어쩌다가 의식만 이 천국에 오게된 것 같습니다. 그런 케이스가 흔한 일은 아니어도 드물게 가끔 있는 모양입니다. 사실, 오노다 씨의 자리에서 일했던 천국 영화관의 이전 스태프도 오노다 씨처럼 기억의 대부분을 잃은 상태에서 천국에 온 분이었습니다. 그래서 오노다 씨도 같은 케이스일지 모른다고 생각해서 이 천국 영화관의 스태프로 맞이해야겠다고 생각했습니다. 하지만, 지금 말씀드린 대로, 드문 케이스이기도 하고, 사람에 따라 상황이 다르기도 해서 완전히 확신하지는 못했습니다. 엔딩 크레딧 이후에 새로운 영상이 나와서 솔직히 저로서는 마음이 놓였습니다. 이렇게 빨리 오노다 씨의 영화가 도착할 줄은 상상도 못했지만 말입니다."

그렇게 말하더니 아키야마 씨가 평소처럼 슬며시 웃었다.

나는 아키야마 씨가 한 말을 알아듣고 이해하느라 정신이 없었다. 그러니까 현실 세계의 나는 현재 혼수상태로 병원에 계속 누워있다는 뜻이다. 그리고 아직 죽지도 않았는데 이 천국으로 온 것이다.

그런 말만 들어서는 곧바로 납득하기 어려웠지만, 아

키야마 씨의 말과 지금까지의 행동에 모순점은 하나도 없었다.

아키야마 씨를 처음에 만났을 때, 나에게 물어보고 싶은 것이 한 가지 더 있다고 말했었다. 내가 이런 케이스에 해당하는 사람인지 질문하고 싶었는지도 모른다. 게다가 만나자마자, 나에 대해 아는 게 전혀 없는데도 영화관 스태프로 일해보지 않겠느냐고 권유했다. 아키나 씨와 로베르토 씨도 그 점을 이상하게 생각했다. 하지만 아키야마 씨가 이런 결말을 예상하고 한 행동이었다면, 지금까지의 신기하게 생각해 왔던 모든 점이 이해가 되었다.

"이런 경우가…… 있을 수 있나요?"

당혹감을 감추지 못하는 나를 향해 아키야마 씨가 고개를 끄덕였다.

"네, 있습니다. 천국은 완벽하지 않습니다. 어쩌면 이런 일을 두고 사람들이 '기적'이라고 부르는 것일지도 모르지요."

그렇게 말한 다음 아키야마 씨는 나를 똑바로 바라보

면서 말을 이었다.

"천국에 영화관이 있을 정도니까 무슨 일이 일어나도 이상하지는 않겠죠. 인생과 영화, 둘 다 마지막까지 무슨 일이 벌어질지 모르니까요. 심지어 마지막 이후에도 어떻게 될지 모르는 겁니다. 엔딩 크레딧 뒤에 새로운 영상이 나올 수도 있고, 죽은 다음에 천국 같은 세상에 갈 수도 있습니다. 무슨 일이 일어날지 모르는 겁니다. 그래서 더 재미있는 게 아닐까요?"

자신만만한 표정으로 그렇게 말하는 아키야마 씨의 눈을 나는 똑바로 마주 볼 수가 없었다.

"지금까지 제 몸에 일어난 일은 알겠습니다. 그 부분은 납득이 됩니다. 하지만, 그런 식으로 무슨 일이 일어날지 모르니까 재미있다니…… 정말로 그럴까요? 저는 아직 조금 불안한데요. 왜냐하면 이제부터 다시 현실 세계니까……."

"네, 오노다 씨는 현실로 돌아가게 됩니다. 엔딩 크레딧 이후에 나왔던 영상은 오노다 씨의 미래 중 하나입니다. 앞으로 어떻게 될지는 아무도 모릅니다. 앞으로의 인생은 오노다 씨 손에 달려 있으니까요."

이제부터 현실에서 인생을 또다시 시작해야 한다, 라고 생각하니 마음이 불안해졌다. 아픔도 괴로움도 없는 이 천국과 현실 세계는 완전히 다르다. 지금까지 내 인생에서는 모든 일이 잘 풀리지 않았다. 그리고 왠지 앞으로도 잘 풀리지 않을 것 같았다. 앞으로 내가 어떻게 될지 전혀 알 수 없다. 그 점이 두렵고, 자꾸만 불안해졌다.

그때, 아키야마 씨가 여유롭게 말을 이었다.

"오노다 씨, 사실은 오노다 씨도 앞으로 어떻게 될지 알 수 없어서 오히려 재미있다고 생각하고 있을 텐데요?"

"네?"

무슨 소리를 하는지 알아들을 수가 없었다.

내가 그렇게 생각하고 있을 리가 없었다.

그런데 아키야마 씨가 평소처럼 웃으며 이렇게 말했다.

"오노다 씨도 스포일러는 싫다고 하지 않았나요?"

"스포일러?"

"지금부터 무슨 일이 일어날지 미리 알아 버린다면 그건 엄청난 스포일러잖아요? 그런 일은 용납할 수 없지요. 오노다 씨는 저와 스포일러 결사반대 동맹을 맺지 않았나요? 그러니까 인생 이야기도 마찬가지로 스포일러를 하면 안 된다고 생각합니다."

거기서 아키야마 씨는 잠시 틈을 두더니 말했다.

"왜냐하면 인생은 영화 같은 것이니까요."

아키야마 씨의 말이 내 마음 깊은 곳까지 울려 퍼졌다.

그 말이 맞았다. 나는 예전에 아키야마 씨와 영화의 스포일러는 절대 용서할 수 없다고 이야기한 적이 있었다. 앞으로 어떻게 될지 모르는 편이 훨씬 재미있다는 의견에 동감한 것이다. 그렇다면 인생 또한 마찬가지일지도 모른다. 인생은 영화 같고, 영화는 인생 같은 것이니까……

아키야마 씨는 내 눈을 똑바로 바라보며 말을 이어 갔다.

"오노다 씨는 현실에 돌아가도 틀림없이 잘 지낼 겁

니다. 천국 영화관에서 보낸 두 달이 오노다 씨 인생의 멋진 명장면 중 하나가 되었습니다. 그런 명장면을 현실 세계에 돌아가서도 많이 만들어낼 수 있을 겁니다. 그리고 가끔은 우리를 기억해 주세요. 오노다 씨는 이제 외톨이가 아닙니다. 여기서 만난 우리와의 관계가 끊어지는 일은 없을 테니까요."

"아키야마 씨……."

그 말은 지금까지 외톨이로 살아왔다고 생각했던 나에게 가슴 떨리도록 고마운 말이었다. 그것만으로도 지금 이대로 현실로 돌아가서 잘 살아갈 수 있을 것 같았다.

이곳에 왔기 때문에, 이 천국 영화관에서 많은 사람들과 만난 덕분에 앞으로의 내 인생 이야기를 보고 싶다는 생각을 할 수 있게 되었다.

"……고맙습니다."

"오노다 씨. 저는 이제부터 오노다 씨가 만들어갈 인생 이야기가 기대됩니다. 언젠가 어딘가에서 다시 만날 수 있기를 바랍니다. 아주 먼 미래라도 괜찮습니다. 오노다 씨를 만날 수 있어서 좋았습니다. 짧은 시간이었지만, 이렇게 최고의 이별을 맞이하기 위해 우리가 만났는지도 모르겠네요."

그러더니 아키야마 씨가 극장 안에 있는 관객들 쪽으로 얼굴을 돌리고는 이렇게 외쳤다.

"관객 여러분, 오노다 씨에게 다시 한번 성대한 박수를 부탁드립니다! 작별 인사 대신 축하의 박수를 보내도록 합시다! 이 순간이 오노다 씨에게 최고의 커튼콜이 될 수 있도록 말입니다!"

아키야마 씨의 말에, 극장 안이 다시금 커다란 박수 소리로 가득 찼다.

마치 영화 속의 일인 것 같기도 하고, 꿈속에서 보는 광경 같기도 했다.

그것이 천국 영화관에서 내가 본 마지막 장면이었다.

눈을 떠 보니 낯선 곳이다. 나는 병원 침대 위에 누워 있었다.

오랫동안 잠들어 있어서 그런지 현실에 심한 위화감이 들었다. 몸이 몹시 무겁게 느껴졌다. 이것이 천국과 지상의 차이일까? 가볍게 둥둥 떠다니는 듯한 느낌은 흔적도 없이 사라져 버렸다.

나중에 알게 된 사실이지만 내가 다시 의식을 되찾을 확률은 상당히 낮았다고 한다. 그래서 내가 눈을 뜬 순간 주위에 있던 사람들이 상당히 놀랐던 모양이다.

그 뒤로 재활치료가 순조롭게 진행되었고 몸도 조금씩 회복되어갔다. 퇴원할 때 이제는 걱정할 필요가 없겠다고 의사가 장담할 정도였다.

퇴원하고 곧바로 향한 곳은 집이 아니라 지바 역이었다. 목적지는 어느 영화관이었다. 이제는 보기 힘들어진 소극장 형태의 영화관인데, 여기서 과거의 명작영화들을 다시 상영한다는 사실을 인터넷으로 알게 되었다.

이곳에서 이번 주에 상영하는 영화가 〈시네마 천국〉이었다.

이 작품을 바로 봐야겠다고 생각한 데에는 몇 가지 이유가 있었다. 천국에서 보낸 날들이 생각나서 그런 것도 있지만, 그 천국에 대한 기억이 조금씩 흐릿해지고 있음을 느끼게 되었기 때문이다.

불과 두 달 남짓이지만, 나는 분명히 그 천국에서 매우 밀도가 높은 시간을 보냈다. 그 점은 틀림이 없다. 다만 그 사실을 객관적으로 증명할 수 있는 무언가가 이 세상에는 없었다. 현실 세계의 나는 병실에서 혼수상태로 누워있다가 다시 눈을 떴을 뿐이었다. 그래서 혹시 천국 영화관의 존재가 나 혼자 머릿속으로 만들어 낸 꿈 같은 것이 아닐까 하는 의심이 조금씩 들기 시작했다.

이 세상에서는 누군가에게 천국 영화관에 대해 물어보거나 해서 대조해 볼 수도 없다. 그래서 일단 천국에서 가장 인상 깊게 이야기를 나누었던 〈시네마 천국〉을 보기로 했다. 그게 천국 영화관을 증명하는 데에 무언가 도움이 될지도 모른다고 생각했기 때문이다.

그렇게 오늘, 나는 이 장소에 와 있다. 〈시네마 천국〉이 상영될 극장에 들어와 자리에 앉았다. 백여 명이 들어갈 수 있는 단차가 없는 관객석에는 사람들이 듬성듬성 앉아 있었다. 열 몇 명 남짓이었다. 적으면 적은 대로 영화에 집중해서 볼 수 있겠다는 생각이 들었다.

놀라운 점은 이 극장에서도 영화가 상영되기 전에 스태프가 일어나 인사한다는 것이었다. 그런 점이 천국 영화관의 기억과 이어지는 느낌이었다.

인사가 끝난 뒤 극장 안의 조명이 천천히 어두워지고 〈시네마 천국〉의 상영이 시작되었다.

무대는 이탈리아, 시칠리아의 작은 마을이다.

주인공은 어머니가 심부름으로 뭘 사오라며 준 돈으

로 영화를 볼 정도로 영화를 좋아하는 소년이다. 이름은 살바토레지만, '토토'라는 애칭으로 불렸다.

그 살바토레와 깊은 우정을 맺게 되는 사람은 나이가 많은 영사 기사 알프레도다.

이 두 사람의 관계가, 나중에 고향을 떠나 영화감독이 된 어른 살바토레의 시점을 통해, 과거를 회상하는 형태로 그려져 있었다.

토토라고 불리던 소년 시절의 살바토레가 훌륭한 어른이 되어 가는 모습을 보면 이것이야말로 한 사람의 인생을 그린 영화라고도 할 수 있다.

영상이나 음악, 인물 설정 등 다양한 매력이 있었지만, 이 영화에서 가장 훌륭하다고 느낀 점은 그 모든 요소들을 통해 그려진 영화에 대한 깊은 사랑이었다. 그리고 그 무엇보다 인상에 남았던 것은, 천국에서 야마토 군과도 이야기했던 그 키스 장면이었다.

자세히 설명해 버리면 스포일러가 되기 때문에 말할 수는 없지만, 그 부분은 명장면이라고 부를 수 있는 수많은 장면을 하나로 이어 붙인 느낌이 들었다.

하나만 있어도 멋진 장면일 텐데, 그게 계속 이어지는 것이다.

사랑과 인생이 한 곳에 집약된 느낌이다.

그리고 그런 마지막 장면에 이르기까지의 이야기가 마음속을 깊이 흔들었다.

그래서 천국에 있던 사람들이 그렇게 말했던 거구나…….

극장을 나서고 보니 밖은 어느덧 땅거미가 지고 있었다. 문득 주위를 둘러보니, 나와 마찬가지로 영화관 안에서 나온 사람들이 몇몇 보였다.

혼자 보러 온 할아버지가 있었다.

일하다가 잠시 짬을 내서 온 것인지, 양복 차림인 사람도 있었다.

친구와 함께 온 듯한 젊은 여성도 있었다.

무언가 소중한 것을 떠올리듯이 〈시네마 천국〉이라고 쓰인 포스터의 글자를 바라보는 부부가 있었다.

그저 영화를 보고 나왔을 뿐인데 이 사람들과 특별한

시간을 공유한 것 같았다.

　모든 사람의 몸에 서쪽으로 기우는 햇살이 비치고 있었다. 이 광경도 나는 잘 기억하고 있다. 천국에서 자주 갔던 그 언덕 위의 광경과 아주 흡사했다. 이대로 태양이 빌딩과 빌딩 사이로 가라앉을 때까지 바라보고 싶다는 생각이 드는, 그런 저녁노을이었다.

　〈시네마 천국〉을 보고 있는 동안에도 나는 몇 번이나 천국 영화관을 떠올렸다. 그 기억은 내가 만들어 낸 꿈이 아니라고 생각하고 싶었다. 확실한 증거는 없어도 그 시간, 그 장소에서 만난 사람들의 존재는 내 마음속 깊은 곳에 분명히 존재하고 있다.

　"혹시 〈시네마 천국〉을 처음 보신 건가요?"

　그때, 갑자기 나에게 누가 말을 걸어왔다. 조금 전 극장에서 영화를 보고 나온 부부 중 남성이었다.

　"네, 처음 본 게 맞는데…… 어떻게 아셨어요?"

　"영화를 보는 내내 신선한 반응을 보여서 좀 눈에 띄었습니다. 그래서 자꾸 쳐다보게 되었는데, 실례가 많았습니다. 좋은 영화를 보는 사람들의 얼굴을 관찰하는

걸 워낙 좋아해서요…….'

"그러셨군요……. 저도 그 마음 충분히 이해합니다."

천국 영화관에 있을 때의 내가 그랬다. 극장 안에서 함께 영화를 감상하는 사람들의 표정을 보는 게 좋았다. 특별한 시간을 공유할 수 있는 것 같아서 행복했다. 그리고 다시 현실에서 똑같은 생각을 하는 사람을 만나게 되어 반가웠다.

그런데 이상하게 이야기를 나누면서 점점 가슴이 먹먹해졌다. 이 감정은 무엇일까? 위화감이라기보다는 그리움 같은 느낌이었다. 분명 오늘 처음 만난 사람들인데 왠지 모르게 어디선가 만난 것 같은 기분이 들었다.

"우리는 벌써 몇십 번을 본 영화라 그런지 다른 사람들의 반응이 궁금해지더라고요."

이번에는 옆에 있던 여성이 말했다.

"그래서 그런지도 모르겠네. 그 명장면도 몇 번이나 봤으니까."

남성이 맞장구를 쳤다.

"그 아이도 그 장면을 제일 좋아했었죠."

두 사람의 대화에는 따뜻함과 적적함과 그리움 같은 여러 감정이 한데 섞여 있는 것 같았다.

"그 아이가……."

그 말이 자꾸 마음에 걸렸다.

그리고 큰 힌트가 되었다. 나는 비로소 어떤 사실을 깨달았다.

"앗……!"

그 기억을 곧바로 떠올리지 못한 데에는 이유가 있었다. 예전에 내가 본 것은 이 부부의 20년 전의 모습이었기 때문이다.

"왜 그래요? 괜찮아요?"

"아, 그게……."

어떻게든 마음을 가라앉히려고 했지만, 영화 속 특별한 한 장면을 마주한 사람처럼 마음속 깊은 곳에서 떨려오는 것을 주체할 수 없었다. 바로 지금, 천국 세계는 내가 만들어 낸 꿈이 아니라는 것이 명백해졌다. 그 소중한 사람들과 함께 지낸 천국 영화관은 분명히 존재했던 것이다.

그리고 나는 이 두 사람에게 전해줘야 할 말이 있다.

천국 영화관에서 지낸 나날 속에서 만난 약간 색다른 인생 선배가 부탁한 말이었다. 당장은 믿어주지 않을지도 모르지만 어떤 형태로든 이 말을 전하고 싶었다.

"저는……."

사람과 사람이 만나는 평범한 광경이 특별한 장면이 되려고 하고 있었다. 하지만 그런 순간이 갑자기 찾아온 것이 그다지 신기한 일은 아닐지도 모른다.

영화의 결말도, 누군가의 인생도, 그런 식이니까.

마지막까지 무슨 일이 일어날지 알 수 없고, 엔딩 크레딧 뒤에 새로운 시작이 기다리는 경우도 있다.

"야마토 군이라는 남자아이하고 〈시네마 천국〉 이야기를 한 적이 있는데요……."

인생은 영화 같고, 천국에도 영화관이 있을 정도니까.

THEATER IN HEAVEN

천국 영화관

1판 1쇄 인쇄 2026년 2월 6일
1판 1쇄 발행 2026년 2월 23일

지은이	시미즈 하루키
옮긴이	임희선

발행인	황민호
본부장	박정훈
책임편집	윤혜림
기획편집	김선림 신주식 최경민
마케팅	이승아
국제판권	이주은 장희정
제작	최택순 성시원

발행처	대원씨아이㈜
주소	서울특별시 용산구 한강대로15길 9-12
전화	(02)2071-2094
팩스	(02)749-2105
등록	제3-563호
등록일자	1992년 5월 11일

www.dwci.co.kr

ISBN 979-11-423-4338-4 (03830)